KB057201

2012
신춘문예 당선시집

문학세계사

2012
신춘문예 당선시집

〈시〉 김민철 류성훈 안미옥 여성민 이여원 이해원 최호빈 한명원 허영둘
〈시조〉 김종두 양해열 유영선 황외순

2012 신춘문예 당선시집 ◇차 례◇

시조時調

시

신춘문예 당선 시

김민철

1981년 출생
서울과학기술대학교 문예창작학과 졸업
현재 동 대학원 석사과정 재학 중
2012년 문화일보 신춘문예 시 당선

hakjumeok@naver.com

■문화일보/시
풍경 재봉사

풍경 재봉사

수련 꽃잎을 꿰매는 이것은 별이 움트는 소리만큼 아름답다
공기의 현을 뜯는 이것은 금세 녹아내리는 봄눈 혹은
물푸레나무 뿌리의 날숨을 타고 오는 하얀 달일까

오늘도 공기가 휘어질 듯하게 풍경을 박음질하는
장마전선은 하늘이 먹줄을 튕겨놓고 간 봉제선이다
댐은 수문을 활짝 열어 태풍의 눈에 강줄기를 엮어준다

때마침 장맛비는 굵어지고, 난 그걸 풍경 재봉사라 부른다

오솔길에 둘러싸인 호수가 성장통을 앓기 전,
빗방울이 호수 가슴둘레를 재고 수면 옷감 위에 재봉질한다
소금쟁이들이 시침핀을 들고 가장자리를 단단히 고정시킨다

흙빛 물줄기들은 보푸라기의 옷으로 갈아입고
버드나무 가지에서 밤새 뭉친 실밥무늬가 비치기도 했고
꾸벅 졸다가 삐끗한 실밥이 굴러 떨어지기도 했다

그것은 풍경 재봉사의 마지막 바느질이 아닐까

주먹을 꽉 쥐려던 수련의 얼굴로 톡 떨어지는 물방울

수련꽃이 활짝 피어 호수의 브로치가 되었다

굴뚝 많은 나무

바위 속에 뿌리를 박고 서 있는 미루나무에겐 굴뚝이 많다 나는 그것들의 가장자리 위에 앉아 연기를 내려다본다

나는 발목이 가느다란 장수풍뎅이, 저녁 허기 속을 어스름처럼 스쳐 지나와 붉게 그을린 눈앞이 맵다, 하늘을 끌어당기는 눅눅한 바람이 나를 훑고 지나간다

어둠에 잠기기 시작한 사방, 나무뿌리에서 보일러 돌아가는 소리가 들린다

내 날개깃에 깃든 푸르름의 이름들이 들끓는다 귀신처럼 검은 공기를 토해내는 나뭇잎에 감싸인 굴뚝들, 오늘밤엔 또 무엇이 되려는지 빛의 움직임을 움켜쥔 걸까

며칠 전 이곳엔 집중호우가 내렸다 지붕까지 걸어온 물의 아가리가 달까지 삼키는 사건이 벌어졌다 물살을 견뎌낸 나무는 햇살로 물을 퍼내고 조심스럽게 보일러를 틀었다

잎사귀에선 밥이 누렇게 익는 냄새도 난다 그 냄새가 애벌레의 등에 동력을 실어주고 있다 잎사귀에 눌러 앉은 애벌레 부부가 악착같

이 살아간다

  정수리로 치솟은 검은 군불에 홀린 나는 굴뚝 많은 나무에서 젖은
날개를 만진다, 흙 기운을 단단하게 빨아들이는

하모니 사진관

지붕에 두 발을 담그려는 구름
좁은 골목과 내리막길이 만나는
하모니 사진관에 들이치는 이슬비,
가끔 짐차는 하모니 사진관을 지날 때
브레이크를 살살 밟으며 리듬을 탄다
나는 사진관 밖에서 그 하모니를 생각한다
음표를 쓸어 모은 나뭇잎들이
유리창에 어린 의자에 앉아 화음을 맞춘다
합창할 때나 사진 찍을 때나 지휘했던 아버지가
필름처럼 까만 새벽 골목 낯선 집으로
기어 들어간 모습을 포샵하고 싶던 시간들
살구나무에서 노랗게 말라버린 어머니의 모습
우리 가족을 적시고 간 먹구름은 어디 갔을까
오늘도 현상하듯 사진관 문이 열리자
입술 꼬리가 올라간 사내의 표정은
셔터소리와 함께 사진 속에서 환해진다
간신히 셔터소리에 박자를 맞춘 저녁식사 시간
살구나무 가지마다 둥글게 맺히는 초여름의 음표들
가파른 언덕을 넘어온 노을이 그 음표 앞에서
마지막 돌림노래를 끝맺으려 할 때

하모니 사진관에서 찍힌 사람들의 기쁨과 슬픔이
살구가 되어 데굴데굴 굴러 나온다

마야 달력의 발견

물 묻은 저녁이 낮게 엎드린다
조용한 공기들이 풀잎 뒤에 숨고
새떼들이 달집을 푸르게 비춰줄 때
무수한 숲의 그림자를 길어 올리는
호수는 별이 어리는 마야 달력이었다
별빛을 매단 나뭇잎을 먹이로 착각했을까
서로 얼굴을 내미는 조그만 물고기들
나는 당신을 만날 날짜를 수면에 띄우고
멀어지는 짐승의 울음소리를 듣는다
나무는 그때야 생각난 듯 젖은 가지 끝을
접고, 자기 품으로 저녁을 거둬 가는데
오늘은 모두가 이별을 생각하는 날일까
두 손을 호수에 깊숙이 담그는 노을
나는 저 모습을 보며 한 고비를 빗겨
뻗어가는 붉은 무늬를 겉옷에 수놓았다
하얀 달은 하늘에서 손톱처럼 자라고
시간은 알맞은 때가 오면 그것을 잘라냈다
그 손톱 조각을 쓸어 담고 있는 호수엔
우리에게 남겨진 일정표들이
똑 똑, 떨어지고

그 비밀을 물고 달아나는 새떼들이 솟구친다
제자리에서 둥그런 원을 그릴 듯 말듯
호수에 떠 있는 작은 떠돌이 잎새 하나
저 마야 달력을 넘기지 못하는 저녁이
숲의 외투 주머니에 꽂혀 있다

단칸방 시위 현장

골목은 어둠의 윤기로 맑고 그윽하다
전봇대에 묶인 CCTV는 골목의 눈동자다
소형차 백미러에 그 눈빛이 어릴 때

길짐승들에겐 소형차 밑이 단칸방이 되었다
그들은 전세도 월세도 아닌 하루 셋방을 보러 다니는 일로 어깨가
무거웠다

어제는 길짐승 한 마리가 차에 깔려 죽은 사건이 있었다

그는 눈길을 꾹꾹 누르며 걸어간다
삶을 네 개의 발로 분산시킨 발자국을
겹쳐 밟고 어제의 일을 덮어두고 싶었다
그러나 골목의 약사略史는 밟고 밟히며 단단해진다
CCTV는 그것을 읽어가는 동안 눈 밑까지 성에가 차오른다
고드름은 겨울이 커질수록 길고 날카로워지고
별빛은 독필禿筆이 되어 떨어진다

눈길에 낯선 소형차가 엔진을 멈춘다 얼어 있던 털가죽이 보드라
워진다 꼬리를 흔들며 수북이 쌓인 눈길로 뛰어나올 태세다

어떤 뭇별들의 무게를 버틴 길짐승이 쓰레기봉투를 뜯어
앞바퀴에서 뒷바퀴까지 쓰레기로 바리케이드를 친다
단칸방을 사수하는 시위 현장이다

짧은 천국

꼬리 끝부터 길을 내기 시작한 상처가 있다
상처자국으로 길이 또 하나 생기는 새벽녘
등허리의 진물은 골판骨板이 된 협곡에 부딪힌다
그럴수록 무표정한 눈은 왜 자꾸 붉게만 변해 가는지

저기, 제 몸의 무게를 조금씩 무너뜨리는 놈이 있다
바람은 그 순간을 놓치지 않고 그 무게의 가루를 거둬간다
빗물 긋는 날이면 그 무게는 덩어리째 쓸려가기도 했다
그럴수록 무표정한 눈은 왜 자꾸 사나워지는지

담장은 물 속에 네 발을 숨기고 있는 악어다

딱딱한 시멘트 바닥에 바짝 엎드려
눈을 끔벅거리며 먹이의 움직임을 살피고
몸을 태양을 향해 조금씩, 조금씩 돌린다
그 놈이 노리는 사냥감은 다름 아닌 빛이다

빛은 저 담장을 넘어야 하는 운명이다
빛에게 곡선 같은 도피처가 없다
모두가 담장의 아가리를 향해 정면으로 내달린다

담장은 빛을 그늘로 소화시켰다

하지만 지금, 담장은 빛의 마파람에도 송곳니가 시리다
무엇 하나 깊은 어둠으로 끌고 들어갈 수 없다

악어의 악명은 담장 뒤 짧은 그늘로 치부됐다
이승이 짧은 천국이라는 듯 쪽잠에 드는 악어 한 마리

몸 속 깊숙한 곳 비어 있는 시의 공간 채워갈 것

유난히 올해는 제 글이 한없이 부족하다고 느끼며 원고를 투고했습니다. 내년에 다시 시작하자,라는 마음으로 연말을 보내던 때였습니다. 지방에 갔다가 북부간선도로를 타고 집으로 돌아가는 일요일, 묵직한 소식을 받았습니다.

많은 인연들이 제 머릿속을 앞서 나가다가 멀어졌습니다. 붙잡지 못한 인연과 아직까지 손 놓지 못한 인연 사이에서 제가 달리고 있는 것 같았습니다. 어느 한 방향으로 과감히 속력을 내겠다고 마음먹으면 자꾸만 앞유리창에 뿌옇게 서리가 끼었습니다. 그러나 안개길 속에서도 멀리서 통신을 주고받으며 저를 지켜주신 분들이 있어 제가 한 줄기 빛을 받았다고 믿습니다. 성실함의 아버지, 기원의 어머니, 의지의 형, 우리 가족에게 제가 받은 이 빛을 드리고 싶습니다.

특히 제가 시를 계속 쓸 수 있도록 언제나 힘을 실어주신 이사라 선생님께 감사드립니다. 저에게 글을 쓸 수 있는 환경을 열어주신 김미도 선생님, 항상 따뜻하게 저의 일을 챙겨주신 신연우 선생님, 시에 대해 많은 조언을 해주신 최서림 선생님, 삶의 큰 틀을 보게 해주신 박정규 선생님, 제 고민을 많이 들어주셨던 박영준 선생님, 우리 서울과학기술대학교 문예창작학과 선생님들께 무한한 빚을 졌습니다.

이번 당선 소식을 자기 일처럼 기뻐해준 친구, 이병일에게 감사합니다. 그와 함께 꿈꿨던 일이 훗날 일어나기를 바라고 또 바랍니다. 첫 만남 이후, 핸드폰에 행운의 여신으로 저장되어 있는 그녀. 곁에 머물러 버거울 정도의 행운을 주어서 감사합니다. 그리고 항상 멀리서 응원해주셨던 김기홍 선배님, 류현 선배님, 송태성 선배님 감사드립니다.

마지막으로 어수룩한 제 글을 긍정적으로 평가해주신 황동규 선생님, 정호승 선생님께 감사드립니다. 아직도 시가 무엇인지 모르는 저에게 시를 더 공부할 수 있는 시간을 만들어 주셨습니다. 제 몸 속에 깊숙하게 비어 있는 시의 공간과 시간을 채워갈 수 있도록 꾸준히 노력하는 김민철이 되겠습니다.

유행 · 시류 벗어난 우아한 아름다움 돋보여

예심을 거친 20명의 작품 중에서 최종심까지 올라온 작품은 이해준의 「안락한 변화」, 유정웅의 「IN 1914 네루다」, 안대근의 「샌드위치 인생」, 김민철의 「풍경 재봉사」 등 4편이었다.

「안락한 변화」와 「IN 1914 네루다」는 사실성이 두드러져 있음에도 불구하고 시 전체가 지나치게 모호하다는 점에서 먼저 탈락되었다.

정말 좋은 시는 여러 가지로 해석될 수 있어야 하는데 지나친 모호성이 해석의 다양한 물꼬를 막았다.

「샌드위치 인생」은 "벽돌의 무게를 짊어지는 사람의 등은 벽돌보다 벌겋지"라는 첫 행에서부터 개성적 면모가 두드러졌으나 결국 희망이 상실된 어두운 심상으로 시가 종결되고 말았다는 점이 단점이었다.

무엇보다도 제목을 정하는 능력이 약했다. 제목도 시의 일부이므로 시 전체를 관류할 수 있는 제목이 요구되나 그렇지 못했다.

더군다나 같은 시를 제목만 바꾸어 중복 투고해 성실성을 인정하기 힘들었다.

「풍경 재봉사」는 신선하고 아름답다. 유행과 시류에서 벗어난 점이 무엇보다 장점이다.

호수에 떨어지는 장맛비를 풍경 재봉사로 인식하는 형상화 과정 하나하나가 자상하고 섬세하다. 전체적으로 우아한 아름다움이 있다.

이 점은 오늘의 한국시가 근래 들어 잃고 있는 부분이다. 바로 이 아름다움이 앞으로 이 시인의 큰 덕목이 될 것이다.

심사위원 : 황동규 · 정호승

류성훈

1981년 부산 출생
명지대학교 문예창작학과 졸업
동 대학원 문예창작학과 박사과정 재학 중
2012년 한국일보 신춘문예 시 당선

cheongyutea@naver.com

■한국일보/시
월면 채굴기

월면 채굴기探掘記

몸 누일 곳을 모의하러 온 새 몇 마리가
소독된 달 표면을 마름질했다
실외 흡연구역의 담뱃불이
바람 안쪽에 수술선을 그었을 때
세 번째 옮긴 병원에서도 아버지의 머릿속
돌멩이는 깨지지 않아
한 몸 추슬러 가던 길들만 허청거렸다
온 세상이 앓으면 아픈 게 아니고
매일 아프면 그것도 아픈 게 아니라고
위독한 시간들을 한 곳에 풀어놓으면서
아버지가 고요의 바다 어디쯤을 채굴하고 있었다
병들도 힘 빠질 무렵
두개골을 망치질하는 마른기침이
울퉁불퉁한 삶 쪽으로 흔들렸다
몸 속의 돌은 달 뒤편의 돌 같아
닳고 닳은 땅 밑보다도 단단하고
검을수록 깊은 광맥에 이어져 있는데
어느 갱도에서 그는 길을 잃었을까
저 큰 굴착기가 가지고 나올 단단한 돌
돌아와 때때로 돌아눕던 그는

다리의 성근 터럭을 젊은 내게 보여주었다
달의 얼룩이 지구에 뿌리를 내린 날
아무에게도 거기서 뭘 했는지 말해주지 않았다
창 밖 저탄더미. 캐낸 달빛이
벌써 내게 문병 오고 있었다

크라켄*

　겨울이 밤바다를 삶는다. 짙은 해저 속에 내리는 검은 눈을 너는 보고 있을 것이다. 몇 세기 만에 나누는, 저 먼 나라의 희박한 안부. 살이 연할수록 칼은 손가락 위에서 헛돌고, 도마 위에 늘어진 도로가 먹구름처럼 뒤틀린다. 묽은 빛들이 밖에서 안으로 몰아칠 때 너는 끝없는 파문 속에서. 이것은 마치 참담한 괴물. 굵은 팔들이 갑판 아래로 흘러든다. 뱃사람의 드높은 이름, 크라켄! 찍어먹을 게 없어 눈도 못 굴리는, 빈 젓가락만 후비는, 그 맑고 커다란 눈이 닻을 내린다.

　　네 심장은 아직도 불 위에서
　　만질수록 단단해지는 죽음 속에서

　나는 간간한 그곳 공기를 추억해야 한다. 피 냄새가 구수하게 익어갈수록, 크라켄, 붉은 천막이 돛처럼 부풀어 오르는 것은 뱃사람의 노래. 너는 늘 전설이었지. 포말처럼. 끓어 넘친 시간들을 감아올리며, 너는 언제 내골격을 잃어버렸는가. 이 괴물아. 그곳엔 지금도 눈이 오는가 잿가루처럼. 바다를 감아쥔 채 폭풍처럼 굳어가는 지평선이 도처에 먹물을 뿜는다, 크라켄.

　턱이 빠져라 씹어보아라. 깊은 바다 속, 선원들은 그렇게 멀리 가 있지는 않을 것이다. 요리판에는 가스불이 아직 붙어 있으니까. 나는 너의 쓸데없이 크고 깊은 눈을, 네가 삼킨 수많은 눈들을 바라본다. 보인다. 천길 바다 밑을 걸어서 찾아온, 얼굴이 그게 뭐냐. 누추한 내 빨판이 발갛게 돌아설 때. 붉은 돛 위에 눈처럼 찌그러지는, 추운 울음소리.

* 북유럽 신화에 등장하는, 문어나 오징어의 모습을 한 바다괴물.

등화관제

뿌리에도 알이 있다는 것을 처음 알았다. 발등에 밤이슬이 돌아오던 날. 다행히 빨간 꽃들엔 무심하던 네가 복개공사로 사라지기까지. 우리는 준비된 모범시민이었다. 빛의 행적들은 늘 도시로부터 캐내져야 했으므로. 쇠귀나물과 토란의 맛이 히아신스 크로커스의 이름보다 촌스러운 줄 알았던, 내 아홉 살의 등화관제에 어두운 화분을 걸어둔다. 야, 이백십호 천삼호 불 꺼라. 외할머니가 알뿌리를 넣어 끓인 국물 맛은 네가 돌보던 집에, 꺼진 불에 뜨겁게 잠긴 어른들의 맛. 진짜 폭격이 시작될 줄 알았던 두근거림이 혀끝을 조였다. 덮인 흙 위로, 매일 자라는 이슬들이 잠을 모을 때. 캐낸 알뿌리들은 꺼진 전등들을 더 많이 머금었다. 자라나 동이 틀 때까지 서로의 발등을 보면서, 점점 짧아지는 봄을 옮겨가는 젖은 불꽃 속에서. 나는 가장 아름답던 우산을 안고 긴 울음과 웃음 사이에 침을 뱉는다.

뤄부포羅布泊*의 노래

서하西夏의 밤이 소금만큼 말을 건네받고
횟수만큼 연기를 피워올리는 건 사구砂丘를
잠재우는 비법, 나쁜 고삐를 물고 당기는 놀이가
어둠의 살점을 천천히 끓인다 어느 핏줄이든
썩은 음식을 먹으며 깨끗해질 수 있었고
끝끝내 깨끗해질 수 없었던 문명의 색이
어느 쪽으로 손을 저어도 아프지 않던 때부터
그리울 것 없이 굳어가는, 불치不治의 밤
깨져 구르는 불빛은 다시 무속의 가지 밑으로
내가 피워올린 한 모금은 본디 태생 없는 인사요
흉노의 발굽 앞에서 오줌을 지리지 않은
이 환락을 기념하라,고 나는 기록한다
사막이란 식은 목덜미 앞에서 더 넓고
무수히 떠나 아무도 돌아오지 않을 맹세 같은 것
바람이 너무 많이 들어가 썩은 시간이
비를 모르는, 오랑캐의 도道로 유목해보면서
분지盆地의 가랑이를 벌리면서, 가죽을 채우면서
누런 깃대에 화살을 쏘다 낙마한다, 들어 봐
함부로 누란樓蘭,이라고 짖어봐 물이 없으니
그리 오래지 않은 사막의 젖은 전설 속에서

죽은 호수가 기름진 별들을 재운다
가본 적은 없지만 기억할 수는 있었다
고작 벗은 발을 움직이면서, 단추를 여미면서
비린 우유를 찍어 간 보는 자여 나는 살아
아직 흙 깊은 염탄鹽灘을 달릴 것이니
일어서라, 일어서서 편하게 잠들어라
삭힌 가죽부대를 하나씩 받아, 새는 곳 없는
망한 물결이 흥한 제국에 받드는 손짓이 있어
바람결마다 눅은 고기 냄새를 재어두던
고향이 있어, 거북한 기적처럼
그곳에 살아, 이 의식을 기념하듯
식어 부릅뜬 혼이여, 꺼진 목소리들이여
굳어진 땅 위에, 모래의 뼈가 보인다

＊ 중국 신장웨이우얼 자치구에 있었던 염호(鹽湖)로, 사막을 떠돌아다니다 말라버린
  호수.

화장火葬

녹이 쇠보다 더 빛나고 있으니, 저녁은 헐벗은 어깨 위로 아낌없이 쏟아진다. 그저 그렇게 죽는 게 좋고, 다음의 너는 깨진 이빨과 소용없는 소리들만 줍는 버릇을 키운다. 어제의 운세만큼 어긋난 목덜미를 밀어 올리며 집어넣을 것 없는 신발을 신는 휴식. 수고 많았고 아무것도 받지 못했고 더 보내줄 것 없는 언덕이 송전탑까지 걸어온다. 아픔이란 부족함이 더욱 달가운 식곤食困. 하나뿐인 공원처럼 아무리 권태로워도 여긴 다음 생의 맥박마저 데려와야 할 곳. 갑자기 선 먼지바람이 눈을 감긴다. 너는 예비 시체. 낮지 않는 쪽으로만 어제의 철근을 뽑아내는,

어제의 윗목에서 우리란 뜻 없는 단어이고 오늘의 양달을 벗겨낸 뿌리이니, 개 한 마리 짖지 않는 이곳은 왠지 나의 나라가 아니고 나라는 생애가 아니며 생애는 저녁이 아니니, 그 수저는 놓지 말기를. 어두울 필요 없이, 녹은 쇠에서 피어나고 거기서 너는 쇳물을 마실 거야. 비틀어진 네가 아직도 이전의 무게를 불안하게 받치고 있는 날. 내일부터는 오지 말아라. 이제 좀 잠들고 싶은 공원의 눈앞에선 너의 철근도 깨끗해 보일 테니. 먼지바람에 아낌없이 빛나는 라면봉지를 보았을 때. 나무젓가락이 잘못 부러졌을 때. 어색한 발을 어디로도 놀리지 못하는 여린 저녁 속, 이제 단단해진 네가 뒤늦게 서 있다.

은박 호랑이

들고양이가 쓰레기봉투를 찢는데 아무도
덫을 놓지 않는다 발톱이 없는
평일의 삼거리가 네겐 간혹 필요하고
걸음을 부르면 버스 연기를 내 얼굴에 뱉는
개별의 삶이 무겁게 땅을 밀어
한 번 더 침을 뱉을 때, 눈이 마주친다
아무래도 정류장은 너와 어울리지 않지
지천에 널린 배기가스가 머쓱하고 뻔뻔하게
저지르는, 먹먹한 계절이 온다
어떤 미안하고 슬픈 안부 속에서도
더러운 비둘기들은 날개를 칠 것이고
어디서도 우리,라고 부를 수 없는 무거움들이
책을 피해 단지 무거운 함량含量을 마실 뿐
익숙한 건 그것뿐인 데 대하여
어떻게 분노해야 할지는 아무도 모른다

보름 후엔 없어질 홍합집에서, 미혹한
사조思潮들에 취하고 쉽게 주의主義를 게우고
늘 초현실적인 계산서를, 오래된 학설과
계보를 뜯어 내리는 길에 몇째 고모부가

죽었고, 본 데 없어 더 개별적인 곳에서
그런 것을 배워 거기 있었다 마침 너는
학자금 대출이자만 몇 년째 몇 십인데도
그의 안전모가 얼마나 더러웠는지 알 리 없지
별 뜻 없이 오뎅탕 하나를 더 시키고
전쟁도, 성장도, 사회주의도 자본주의도
소득 백 불 시대도, 만 불 시대도 없는
소원한 죽음만 대작對酌하지 경제적으로
발톱 없는 뚱뚱한 고양이가 하나 둘
왜 새끼를 낳는지 알 리 없는 골목을 걷는다

버스의 모든 브레이크 디스크가 닳고
노선표까지 힘겹게 밀려온다 손을 잡고
막 걸음을 시작한 아이가 호랑이 모양
은박 풍선을 물어뜯는다
잠시 팽팽한 고요 속에서, 바닥에 천천히
주저앉는 호랑이 하나가 웃는다 추억도 없는
여기 전깃줄은 언제 사라졌을까, 순간
고개 들어 올려다보는 건 또 얼마만인지
궁금한 하늘에, 다행한 먼지가 오른다

다시 태어나기 전 하얀 재 같은 지금 느낌 기억할 것

바다 건너에 북진일도류北辰一刀流라는 옛 검술이 있다. 그 창시자는 제자들에게 늘 이렇게 가르쳤다 한다. "'깨달음'이라는 이름의 괴물은 오직, 다 버리고 초연하게 내던지는 무기로만 잡을 수 있다."

아직 미숙한 내게 등단은 그런 식으로, 다소 비현실적으로 찾아왔다.

숨을 고르며 새삼 뒤돌아본다. 문학을 배우겠다고 덤빈 날이 어느덧 두 자리 햇수를 넘겼을 때, 내 앞의 시는 노력과 버림 사이에 있었고 초연함과 무덤덤함의 사이에 있었다. 그렇기에 희망이 없어도 캐어낼 순 있었고, 오랜 그늘 속에서도 사라지진 않았다.

다시 태어나기 전 하얀 재로 내려앉은 것 같은 지금의 느낌을, 나는 늘 기억할 것이다. 또한 가깝고도 먼 그 간극을 '사이'가 아닌 '시'인 것이라고 뜨겁게 한 번 우겨 보려 한다.

나의 그 시간들이 헛되지 않도록 만들어주신 분들, 부족한 내게서 재능보다 노력을 높이 보아주셨을 고마운 분들에게 언제 이 은혜를 다 갚을지 행복한 걱정이 앞선다.

문학을 처음 만났을 때부터 지금까지 나를 보살펴주신 김석환 교수님께 진심으로 감사드리며, 권혁웅, 조연호 선생님을 비롯한 금요반 모든 시인들, 그리고 그에 못지않은 소중한 문우들에게 이 행복과 감사를 돌리고자 한다. 이젠 내가 이 따뜻한 빚을 갚아나갈 차례일 것이다.

그리고 늘 촌스럽지만 피해갈 수 없는 마음. 철없이 문학을 하겠다고 설치던 이 천덕꾸러기 아들에게 단 한 번의 반대도 불만도 없이 끝까지 믿음을 주셨던 부모님께, 차마 부끄러워 표현할 수 없던 사랑과 감사의 마음을 행복하게 전하고 싶다.

입체적인 상상력에 눈길, 수사의 과잉은 아쉬워

　시 부문 심사는 예심 없이 심사위원들이 투고작을 나누어 읽고 추천된 작품을 교환해서 읽고 토론하는 방식으로 진행되었다. 신춘문예의 특징이기도 하지만, 난해하고 실험적인 시보다는 서정적 화법으로 일상적 삶의 순간을 포착하는 작품들이 대세를 이루었다. 하지만 독창적인 감수성과 화법이 잘 발견되지 않고, 언어에 대한 자의식 없이 정형화된 감정과 관념을 전달하는 데 그친 익숙한 신춘문예 유형의 작품들이 많아 아쉬웠다.

　마지막까지 논의된 작품은 「그늘말」(박하랑)과 「연애의 국경」(여성민), 「월면 채굴기」(류성훈)였다. 「그늘말」은 투명한 감수성과 정갈한 언어들이 돋보이는 시였다. 생에 대한 따뜻한 태도와 언어에 대한 맑은 감각이 좋았지만, 함께 투고된 작품들을 고려할 때, 세계에 대한 해석과 상상력이 평면적인 차원에 머무르지 않았나 하는 아쉬움이 있었다. 「연애의 국경」의 경우는 발랄하고 독특한 화법이 매력적인 시였다. 다소 거칠게 느껴지는 부분이 없지 않지만, '연애'와 '국경'을 연결시키는 상상력은 흥미로웠다. 그런데 언어와 형식상의 안정감이 떨어진다는 우려를 떨치기 힘들었다.

　당선작이 된 「월면 채굴기」는 우선 그 상상력이 입체적이고 화려하다. 아버지의 병과 생의 이야기를 아버지 몸 속의 돌과 두개골과 달 뒤편 돌의 이미지와 연결시키는 발상은 매혹적이었다. 언어를 다루는 능력도 뛰어나며 아버지의 병과 생애를 둘러싼 깊은 시선이 구체적인 이미지를 얻고 있다. 다만 수사의 과잉이 있고, 다채로운 이미지의 구축에 치중하는 작법이 어법 자체의 신선함을 보여주지는 못한다는 아쉬

움이 있었다. 그 아쉬움은 앞으로 쓰게 될 미지의 작품들을 통해 극복
되리라고 믿었기 때문에, 이 작품을 당선작으로 선정했다. 시 쓰는 일
이 외로움을 무릅쓰지 않고는 불가능한 시대에, 투고해준 모든 분들에
게 감사를 전한다.

심사위원 : 황지우 · 정일근 · 이광호

안미옥

1984년 경기도 안성 출생
명지대학교 문예창작학과 졸업
동 대학원 재학 중
2012년 동아일보 신춘문예 시 당선

myugi3@empas.com

■동아일보/시
나의 고아원/식탁에서

나의 고아원

신발을 놓고 가는 곳. 맡겨진 날로부터 나는 계속 멀어진다.

쭈뼛거리는 게 병이라는 걸 알았다. 해가 바뀌어도 겨울은 지나가지 않고.

집마다 형제가 늘어났다. 손잡이를 돌릴 때 창문은 무섭게도 밖으로

연결되고 있었다. 벽을 밀면 골목이 좁아진다. 그렇게 모든 집을 합쳐서 길을 막으면.

푹푹, 빠지는 도랑을 가지고 싶었다. 빠지지 않는 발이 되고 싶었다.

마른 나무로 동굴을 만들고 손뼉으로 만든 붉은 얼굴들 여러 개의 발을 가진 개

집으로 돌아올 수 있다는 말이 이상했다. 집을 나간 개가 너무 많고

그 할머니 집 벽에서는 축축한 냄새가 나. 상자가 많아서

상자 속에서 자고 있으면, 더 많은 상자를 쌓아 올렸다. 쏟아져 내릴 듯이 거울 앞에서

새파란 싹이 나는 감자를 도려냈다. 어깨가 아팠다.

식탁에서

  내게는 얼마간의 압정이 필요하다. 벽지는 항상 흘러내리고 싶어 하고
점성이 다한다는 게 어떤 것인지 보여주고 싶어 한다.

  냉장고를 믿어서는 안 된다. 문을 닫는 손으로. 열리는 문을 가지고 있다는 걸 잊어서는 안 된다.

  옆집은 멀어질 수 없어서 옆집이 되었다. 벽을 밀고 들어가는 소란. 나누어 가질 수 없다는 게

  다리가 네 개여서 쉽게 흔들리는 식탁 위에서. 팔꿈치를 들고 밥을 먹는 얼굴들. 툭. 툭. 바둑을 놓듯

물

　해가 기울면, 뜨거운 저녁이 쏟아졌다. 우리는 아슬아슬하게 인사를 하고. 장롱이 기울어지는 일을 겪고 있다.

　삼 층과 사 층 사이, 잠이 들려고 할 때마다 계단이 하나씩 빠져나갔다. 창문을 뚫고.

　계단이 전부 쏟아져 내리기 전에. 무릎을 밟고 얼굴을. 오른쪽에 사는 사람은 오른쪽에서만 말을 하고.

　난간을 붙잡고 인사한다. 우리는 이제 쏟아져 내리는 계단을 겪고 있어요.

　발을 멈추는 법을 몰라서 집 밖으로
　모든 계단들이 휘몰아치고

　이제는 발을 딛는 곳마다 계단이 된다. 출렁거린다.

　우리는 절벽에 남아서, 도착할 수 없게 되었다. 안부를 전할 곳이 없었다.

절벽과 개미

테이블 모서리에 서 있다. 다리가 녹고 있는 기분이 든다. 우리의 매혹은 떨어져 나간 날개 같은 것, 혹은 혼자 굴러다니는 구름에 있지만.

우리는 유인되는 발을 가졌다. 길이 뒤집히는 법은 없다. 길은 발밑에만 있고. 여섯 개의 발은 똑같은 방향으로만 간다. 절벽은 뛰어내릴 수 없는 발이다.

뒤집힌 얼굴을 보는 것이 좋아. 들고 가야 할 것은 항상 테이블 위에 있고. 내가 죽으면, 우리가 우리를 들고 갈 테지만. 똑같은 길로 똑같이 걸으면. 여섯 개의 다리는 하나의 몸통으로 연결되고.

바싹 마른 날개를 서둘러 들고 간다. 더 잘게 부서지는 장면을 놓치고 싶지 않다. 위험해서 돌아다니는 늙은 개미들. 우리는 계속해서 연결되고 있다.

페인트

책상처럼 앉아서
네가 흘러내릴 때

나는 보고 있다.
닦지 않고 그냥 둔다.

방관자는 건너뛰고 있다. 사과와 하품, 이면도로를. 그 와중에 미
끄러져 버리는 타이밍을.

아주 좋은 집으로 고쳐줄게요.

벽에 문틀을 끼워 넣고,
철계단의 녹을 칠하면서
다음 집으로 이동할 때

마주치지 않는 방향을 두고. 방이 많을수록 닫힌 문이 많아진다는
걸 알게 되었다. 우리는 늘 하나의 방에서 살았지만.

주인을 만나는 일이 어렵다는 것. 단 하나의 문마저도 남의 것이
어서. 나는 더 많은 방을, 더 많은 문을 만들고

세입자가 들어오기 전에 집을 비워준다. 책상처럼 앉아 있는 나를, 흘러내리는 나를, 닦지 않고 그냥 둔다. 공사를 마치고.

가정

도로 위에 버려진 벽돌들을 줍는다. 조각난 사각의 단단함. 집에 가져가 본다. 울퉁불퉁한 주먹의 모양으로 너의 얼굴이 변해 있었다.

버스는 떠나는 일을 하고 있다. 가장 멀어졌을 때 내리기 위해, 손잡이를 붙잡고 내내 서 있었다. 버스의 문이 옆으로만 열리는 건 정말 무서운 일. 계단이 계속 길어진다면.

벽이 모두 얼어붙어 있었다. 날카롭게 무너질 태세로. 책상 밑은 보이지 않는 곳이라고 우리는 서로 약속했다. 나는 꼿꼿하게 앉아 있다. 옆방은 울퉁불퉁한 곳.

버스가 돌고 있다. 며칠 동안. 흘러내리는 너의 얼굴이 바닥에 떨어지고 있을 때, 나는 딱딱하게 자라고. 가구들은 모두 문이 닫혀 있었다.

오늘의 일기

우산이 없는 날엔 비가 옵니다. 어릴 때부터 그래 왔어요. 열어보지 않은 상자가 집 안에 가득합니다. 진짜로 비어 있을 것 같아서 모아 두었어요.

세 시에는 일곱 시, 아홉 시에는 두 시를 가리키는 시계가 있습니다. 벽에는 내가 걸었지요. 아침에 일어났을 때, 한 번도 아침을 가리키고 있는 적이 없어서 마음이 놓입니다. 우리 집은 조용합니다.

나는 집을 닮고, 창문이 되어 갑니다.

옆집에도 사람이 살고 있습니다. 우리는 인사성이 어둡습니다. 한 번도 말을 해 본 적이 없어요. 말을 먼저 걸지 못해서, 우리의 관계는 지속됩니다. 같은 대문을 쓰고, 같은 물을 마십니다. 옆집은 조용합니다.

모든 사람을 유령처럼 볼 수 있어서 안경을 벗고 다녀요. 누군지 몰라서 긴장됩니다. 모두 그렇게 스쳐 지나가기를. 잠자리에 누워 기도합니다. 작게 웅크린 나의 그림자는 벽을 건너, 주차장으로.

밤은 어제보다 더 커져 있네요.

시 앞에서 용기 있는 사람 되리라

나를 벗어나고 싶다는 생각을 많이 했다. 그럴 때마다 나는, 더욱 완강하게 나를 붙잡고 있었다. 사실은 나와 멀어지고 싶지 않다는 것을, 도망치면서 알게 되었다. 그 힘으로 시를 쓰게 되었다.

내 언어의 시작이 되어주신 아버지, 어머니께 감사의 인사를 전한다. 부모님의 사랑을 시를 쓰면서 조금씩 알게 되었다. 나의 오해들을 변화시킬 수 있었다. 내가 좀더 따뜻한 사람이 되었으면 좋겠다. 이제는 부모님을 따뜻하게 안아드리고 싶다.

나 자신을 좀더 사랑할 수 있게 된 것은, 남편 정현 덕분이다. 내가 의지하는 단 한 명의 사람. 말로 다 할 수 없게 고맙고 미안하다.

힘껏 미워하고, 힘껏 사랑하고, 함께 울고, 웃어주는 친구가 있다는 것은 정말 감사한 일이다. 나의 벗, 사랑과 버들에게, 나를 믿어주는 은정에게, 항상 지지해 주고 격려해주는 정숙 언니에게, 곁을 지켜주는 슬기에게, 나보다 나의 잘됨을 더욱 기뻐하는 진희 언니에게, 부케처럼, 바통을 넘긴다. 나은아. 내 옆에 있어 준 이 사람들에게 고마움을 전하고 싶다.

그리고 이원 선생님. 선생님의 문학에 대한 마음이 나를 더욱 간절하게 했다. 깊고 단단하게, 오래도록 좋은 시를 쓰는 것으로 보답하고 싶은 마음이다. 많은 가르침을 주셨던 명지대 교수님들과 부족한 나에게 시인이라는 이름을 달아 준 심사위원 선생님들께도 감사드린다.

지레 겁을 먹고 도망치지는 않아야겠다고 다짐한다. 시 앞에서 좀더 용기 있는 사람이 될 것이다. 두려움을 뚫고 나가는, 무서운 손으로.

남다른 상상력 때묻지 않은 목소리

두 심사자가 예심에서 넘어온 16명의 80여 편의 시들을 각각 읽고 난 뒤 정지우의 「납작한 모자」, 김복희의 「매일 벌어지는 놀랄 만한 일」, 윤종욱의 「서툰 사람」, 김양태의 「흐르는 돌」, 종정순의 「알람들」, 조선수의 「분홍손」, 안미옥의 「나의 고아원」 등을 당선작으로 논의할 만한 가치가 있다고 판단했다.

철학자 자크 데리다는 글쓰기를 "어떤 것의 존재를 지우면서도 그것을 읽기 쉽게 유지하는 몸짓의 이름"이라고 했다. 시 쓰는 것도 낡은 존재를 지우고 그 위에 새로운 존재를 세우려는 몸짓일 테다. 나날의 현존과 시적 현존은 섞이고 스민다. 그렇게 상호 삼투하는 나날의 현존과 시적 현존은 닮았으면서도 다르다. 시적 현존을 세우는 데 상상력이라는 화학작용이 불가피하게 개입하는 까닭이다. 응모작들에서 그 다름을 분별하는 감각의 얇음과 두꺼움의 차이를 눈여겨보았다.

두 심사자는 안미옥을 당선자로 세우는데 흔쾌하게 동의했다. 다만 어떤 작품을 당선작으로 할 것인가 하는 데는 의견 조율이 필요했다. 그의 시는 재능의 촉을 충분히 느끼게 했고, 작품마다 다른 매력을 뿜어냈다. 고심 끝에 두 작품 「나의 고아원」과 「식탁에서」를 골랐다. 익숙함 속에서 익숙하지 않음을, 하찮은 것에서 하찮지 않음을 찾아내는 눈이 비범하고, 현존의 혼돈을 뚫고 그 눈길이 가 닿은 지점에 어김없이 생의 기미들과 예감들이 우글거렸다. 남다른 상상력과 때묻지 않은 자기 목소리를 갖고 있다는 점에서도 신춘문예라는 통과의례 이후의 작품들에 대한 신뢰를 크게 더하게 한다. 험난한 시업詩業의 길에 들어선 것을 축하드린다. **심사위원 : 장석주 · 장석남**

여성민

충남 서천 출생
안양대 신학과와 총신대 신학대학원 졸업
구약 내러티브를 해석한 몇 권의 책을 썼음
2010년 세계의 문학 신인상 소설 당선
2012년 서울신문 신춘문예 시 당선

godsmiles@hanmail.net

■서울신문/시
저무는, 집

저무는, 집

　지붕의 새가 휘파람을 불고, 집이 저무네 저무는, 집에는 풍차를 기다리는 바람이 있고 집의 세 면을 기다리는 한 면이 있고 저물기를 기다리는 시간이 있어서 저무는 것들이 저무네 저물기를 기다리는 시간엔 저물기를 기다리는 말이 있고 저물기를 기다리지 않는 말이 있고 저무는 것이 있고 저물지 못하는 것이 있어서 저물지 못하네 저물기를 기다리는 말이 저무는 집에 관하여 적네 적는 사이, 집이 저무네 저무는 말이 소리로 저물고 저물지 못하는 말이 문장으로 저무네 새는 저무는 지붕에 앉아 휘파람을 부네 휘파람이 어두워지네 이제 집 안에는 저무는 것들과 저무는 말이 있네 저물지 못하는 것들과 어두워진 휘파람이 있네 새는 저물지 않네 새는 저무는 것이 저물도록 휘파람을 불고 저무는 것과 저물지 않는 것 사이로 날아가네 달과 나무 사이로 날아가네 새는 항상 사이를 나네 달과 나무 사이 저무는 것과 저물지 않는 것의 사이 그 사이에 긴장이 있네 새는 단단한 부리로 그 사이를 찌르며 가네 나무가 달을 찌르며 서 있네 저무는 것들은 찌르지 못해 저무네 달은 나무에 찔려 저물고 꽃은 꿀벌에 찔려 저물고 노을은 산머리에 찔려 저무네 저무는, 집은 저무는 것들을 가두고 있어서 저무네 저물도록, 노래를 기다리던 후렴이 노래를 후려치고 저무는, 집에는 아직 당도한 문장과 이미 당도하지 않은 문장이 있네 다, 저무네

연애의 국경

정글은 손과 손 사이에 있다
내가 너에게 손을 내밀 때 사실은 뿌리를 내미는 것이다
대개 잠복기를 갖지만 잠복기 없는 케이스가 발견되기도 하는데
그런 경우 정글은 순식간에 확장된다
이때 국경이 발생한다
국경은 외부에 있지 않다 정글의 국경은 정글의 내부에 있다
국경은 생태학적으로나 지리학적으로 결정되지 않는다
손과 손이 맞닿는 순간의 일
그러니까 정글의 국경은 사건이다
언젠가 한 번 정글을 여행한 적이 있다
정글을 걸으며 사람의 몸에서 먼저 사라지는 것은 말이다
우리는 느낌을 확장한다
뿌리를 더듬으며 걷지만 뿌리를 내리지는 않는다
손을 내밀어 서로의 국경을 더듬는다
그러니까 연애는 국경과 국경이 만나는 일이다
네 쪽으로 국경을 확장하는 일이다
나도 너처럼 정글의 빗소리가 그리워지는 순간이 있다
계산된 섹스 의미 없는 회화, 이때 정글은 귀와 귀 사이에 있다
나는 너에게 귀를 내민다
사실은 장전된 총의 방아쇠를 내미는 것이지만

나는 방아쇠를 당기고 너는 국경 어디선가 사살된다
정글은 폭발하고 국경은 스스로를 확장한다
내가 너에게 손을 내밀 때
사실은 팽팽한 밖을 내미는 것이다

아프리카입니다

이곳은 아프리카입니다
나는 아카시아 고봉밥으로 퍼먹고요
아버지는 거실에 앉아 자꾸 토합니다
아시아 아메리카 세계지도가 밀려나옵니다
미끄러지면 아프리캅니다
치워도 치워도 이 세계는 치울 수가 없습니다
엎드려서 잠을 자보기로 합니다 생각으로 잡니다
아버지 코가 쓱 길어지고 새까만 반죽이 쏟아져 나옵니다
아프리카입니다
나도 쓱 코를 밀어넣고 싶어집니다
아프리카니까 코끼리처럼 코를 밀어넣고 싶어집니다
그런데 살구나무가 먼저 살그머니 일어납니다
아카시아가 아버지 눈을 쿡 찌릅니다
꽃을 따먹으면 꿀이 나옵니다만
에라, 모르겠습니다
아카시아를 뽑고 아프리카를 심습니다
바오밥나무처럼 뿌리를 지붕에 척 걸어두면
내일은 밥이 나올지도 모릅니다
하늘에 떠 있는 코코아들
남은 아프리카로 집을 지어봅니다

아프리카로 지은 집은 달고 시원합니다
아무도 모르게 바삭바삭 움직여 밤엔 집이 넓어집니다
아프리카는 풍성합니다
집을 짓고도 반죽이 남습니다
가나 초콜릿은 어디로 가나, 아프리카로 가나
초콜릿도 만들어 먹습니다
치카치카 이를 닦습니다 나보다 이가 하얀 아이들이
텔레비전에 나와 하얀 것을 뽑아 던집니다
아프리카입니다
나는 내 아프리카를 보러 지붕으로 올라갑니다
아프리카는 잘 자라지 않습니다 아프니까 잘 자라지 않습니다
아프리카를 뽑고 아메리카를 심어야 할까 생각해 봅니다
아메리카는 잘 자랄 거라고 누가 잠꼬대를 합니다만
이를 하나 지붕에 심어두고 내려옵니다
달처럼 자라면 아프리카를 옮겨 심고
지붕에 앉아 코코아를 따 먹으며
계속 아프리카입니다

니스

세계를 보존하는 일은 간단해
흥분하지 않기
엎지르지 않기
니스를 칠하기 윤이 나는
이 세계를 사랑해
첫 작품은 훔친 의자였어
껍질이 벗겨진 세상이 반짝였지
니스는 은유가 벗겨진 세계의 은유
아빠의 등은 흐렸고 엄마의 목은 서툴렀지
밤마다 벽을 보고 앉아
우린 서로의 등에 니스를 칠했지
천국으로 가는 계단이 반짝이고
신밧드의 융단이 반짝이고
새벽엔 반짝이는 배를 타고
여행을 떠났지 어쩌면
베니스였거나 어쩌면
달이었는지도 달에 니스를 칠했어
새로 산 변기처럼 달이 반짝이는데
지구에 니스를 칠했어
지금 박힌 못처럼 지구가 반짝이는데

배가 등에 충돌하고 있었어
등이 못에 충돌하고 있었어
어쩌면 베니스가 아니라
앨리스였는지도
충돌하지 않기 위해 전력으로 충돌하는
구멍들을 사랑해
사랑하지 않기
찢어버리지 않기 내면에도 듬뿍
니스를 칠하기
니스는 해몽이 사라진 세계의 악몽
빨랫줄이 반짝이고
못이 반짝이고
반짝반짝
두 개의 못처럼 반짝이는
녹슨 눈을 용서해

시애틀

　시애틀 시애틀 하는데 밤이 온다 밤은 어디에서 오는지 시애틀에
서 오는지 양은 보이지도 않는데 메에에 양 우는 소리 들려 양을 센
다 라이언 하나 라이언 둘, 하고 양을 센다 양을 세는데 라이언은 왜
튀어나온 것일까 고소한 흑염소도 아니고 무서운 라이언 양을 세다
말고 맥 라이언을 생각한다 맥 라이언과 톰 행크스는 부부다 맥과
톰은 틀림없이 부부고 부부니까 틀림없이 잘만 자고 그런데 왜 양들
은 밤에도 잠을 이루지 못하는지 나는 누워서 자꾸 양을 세고 세계
의 불안은 어디에서 오는가 생각하고 시애틀 시애틀 호텔의 이름을
중얼거린다 호텔의 이름이 길어서 잠이 오지 않는 것일까 양은 보이
지도 않는데 메히힝 양이 울어서 오늘은 날이 샌다 어쩌면 양 우는
소리가 아니라 말 우는 소리일지도 몰라 스크린 경마장을 센다 왜
사람들은 기수처럼 등을 구부리고 자고 왜 말은 모두 서서 잠을 자
는지 얼마나 공중에 중심을 분산시켜야 저렇게 서서 잠을 잘 수 있
는지 세 번 질문하고 세 번 이를 닦고 이를 닦을 때마다 치열이 치열
하다 치열한 치열로 히히힝 누군가 우는 소리 들려 나는 이를 센다
이 세계의 상실은 어디에서 오는지 노르웨이인지 마콘도인지 알 수
없는 곳에서 알 수 없는 것들이 달려온다 사자처럼 달려온다 맥 라
이언과 톰 행크스는 부부가 아니다 톰 행크스와 톰 크루즈가 부부다
톰은 사방에 숨어 있다 톰, 톰, 톰 어릴 때는 톰 보이를 사러 동대문
시장을 돌아다녔지 다들 톰이 되고 싶었어 교실에서는 합창하듯 아

여성민　61

이 엠 톰을 중얼거렸지 톰이 된 줄 알았어 미시시피의 톰 소여로부터 지붕 위의 고양이 톰까지 톰, 톰, 톰 톰은 사방에 숨어 있다 마구간에 엎드린 톰 베린저가 저격용 총을 들고 망원경에 눈을 가져다 댈 때 파르르 넘어가는 톰슨 성경 누가복음의 장면들 세상의 절반이 톰인데 왜 톰, 하면 크루즈 미사일이 생각날까 숲이 슬피 울고 불면은 수면 위에 떠 있고 시애틀과 노르웨이와 마콘도에 대해서 생각하고 과연 이 세계의 고독은 어디에서 오는가 세계는 보이지도 않는데 메에엥 세계가 우는 소리 들려 톰 하나 톰 둘, 하고 또 이놈의 세계를 센다 호텔의 이름이 길어서 잠이 오지 않는 것일까 시애틀은 가본 적도 없는데 시애틀 시애틀

얼굴처럼

박스를 열어
귤을 꺼내보고 싶을 때가 있지
뒤적거리던 얼굴 같은
울컥하고 싶을 때가 있지
귤 같은 엄마와
귤 같은 애인과
소풍을 갔지
엄마는 글러브를 끼고
애인은 방망이를 들고
귤 한 쪽이 파래서 울컥했어
귤 같은 얼굴
얼굴 같은 귤인지
밤마다 귤을 까먹으며
우아하게 발을 들었지
발레리나처럼
얼굴에 이르기 위해
세상의 모든 발은
곡선으로 시작해?
엄마는 글러브를 끼고
애인은 방망이를 들고

피카소의 얼굴들이 늘어져 있는
풀밭 위의 식사
배열이 괜찮았어
이별을 내놓기 위해
절단면으로 눕는 얼굴들
귤의 단면 같았어
실밥을 쥐듯
표정의 반만 쥐고
숲의 아주 미학적인 곳을 향해
강속구를 던질 때
그늘 속으로 날아가는
귤, 얼굴처럼
커브로
애인이 귤 같아서 좋겠어

난 시詩 소비자, 더 읽겠습니다

포레스트 검프처럼 그는 걷습니다. 산호 미용실을 지나 파리바게뜨를 지나 물왕리 저수지를 지나 아스널 FC 에미레이트 스타디움을 지나 메텔의 슬픈 눈이 떠도는 은하철도999를 지나 플라이 투 더 문을 지나. 저무는 것들이 저무는 사이로 걷습니다. 저무는 것들 사이에서 여러 번 저물며 걷습니다. 어느 저물녘엔 전화를 받습니다. 그 밤에 첫눈이 푹푹 내립니다. 조금씩 눈 속에 묻혀가는 집과 산과 논과 창문을 봅니다. 집이, 산이, 논이, 창문이 하나씩 저물고 있다는 느낌. 어머니의 둥근 무릎처럼 그 속에서 불빛들이 견디고 있다는 느낌. 그 밤에 그는 저물지 못하고 집으로 돌아와 짓던 시를 마저 짓습니다… 견딥니다…….

배고플 때 밥 사주던 금호초등학교 동창들이 생각납니다. 부족한 글 뽑아주신 서울신문과 심사위원님들을 생각합니다. 모두 고맙습니다. 노트북 앞에 앉으면 페이지처럼 많은 밤들이 지나갑니다. 시를 읽으며 흐려지던 밤, 은혁이와 민혁이를 낳던 밤, 첫사랑이 있는 골목을 지나며 버스 안에서 아프던 밤, 창조주의 밤이 지나갑니다. 모든, 혼자였던 밤들.

그리고 나. 나는 아직도 소비하는 사람. 더 많이 소비하고 싶은 사람. 시를,

더 많이 읽겠습니다.

시詩 자체가 하나의 사건을 이뤄

물리학에서는 수학적 사건이 있고, 생물학에서는 생명의 사건이 있고, 시에서는 말의 사건이 있다.

하나의 단어가 일일이 거론할 수 없는 전체를, 누구나 알 수 있는 단일한 사건으로 만들 때 그것은 시에 의해서고, 그것은 시인의 일이다. 말이 사건이 되지 못하는 시는 시가 아니다. 시에 있어서 말의 풍경은 하나의 사건이고, 그대로 지평이다. 예심을 거쳐 최종심에서 받은 스물세 분의 시는 오랜만에 우리 시의 지형 깊은 계곡으로 우리를 놀게 하고, 높은 산으로 우리를 이끌기도 하며 드넓은 바다에서 서 있게도 하는 행복한 경험을 느끼게 했다.

우리는 그 울렁거리는 느낌을 타고 세 분의 시를 골랐다. 일일이 짧은 감상을 달고 토론을 거쳐 힘들게 또는 아쉽게 손에서 터는 작업을 거쳐 남은 세 편의 작품을 두고, 우리는 잠시 부러 딴 이야기를 해야 할 정도였다.

자판기 커피를 마시며 딴 얘기를 하는 둥 마는 둥 다시 토론에 들어가 최호빈의 「고민의 탄생」, 김미영의 「상자」, 여성민의 「저무는, 집」을 골랐다.

최호빈의 시는 시상을 치밀히 전개해 나가며 이미지를 구상화시키는 솜씨가 일단 돋보였다. 단어 하나의 선택에서 다년간 습작을 한 흔적이 분명히 드러났다. 김미영의 시는 우리 삶의 비루한 것들을 보듬어 소중한 꽃을 피워내는, 애정이라고밖에는 설명되지 않는 따뜻함이 편편에서 맡아졌다.

아무리 시가 자기를 위한 자기에 의한 자기의 시라 할지라도 자기의 바깥을 보는 이런 시선은 이 즈음에는 꽤나 귀하게 되어 버렸기 때문에 그 향기는 더 짙었다.

그러나 최호빈의 시는 숲이 울창한 만큼 베어 낼 나무들이 꽤 있었다는 점에서, 김미영의 시는 아직 피상적이라는 점에서 제외되었다. 여성민의 시는 반복되는 말과 말로 공간을 이루고 거기에 막연과 아연의 풍경들을 자리하게 해, 시 자체가 하나의 사건을 이루고 있었다. 좋았다. 축하한다.

심사위원 : 함성호 · 송찬호

이여원

1957년 진주 출생
2012년 매일신문 신춘문예 시 당선

ooo0724@hanmail.net

■ 매일신문/시
물푸레 동면기

물푸레 동면기

물푸레나무 찰랑거리듯 비스듬히 서 있다
양손에 실타래를 감고 다시 물소리로 풀고 있다
얼음 언 물에 들어 겨울을 나는 물푸레
생각에 잠긴 척
바위 밑 씨앗들이 졸졸 여물어가는 소리를 듣고 있다

얼룩무늬 수피가 물에 닿으면 물은 파랗게 불을 켰었다 바람은 지나가는 분량이어서 몸 안에 들인 적 없고 팔목을 좌우로 흔들어 멀리 쫓아 보냈었다

손마디가 뭉툭한 나무는 실을 푸느라 팔이 아프다
나무의 생채기에 서표書標를 꽂아두고
녹아 흐르는 물소리를 꽂아두고 말린다
푸른 잎들은 물 속 돌 밑에 들어 있고
겨울 동안 잎맥이 생길 것이다

추위가 가득 엉켜 있는 물가, 작은 샛길이 마을 쪽으로 얼어 미끄럽다
빈 몸으로 서 있는 겨울나무들
모두 봄이 오는 방향 쪽으로 비스듬 마중을 나가 있다

날짜를 세는 가지는 문맹文盲이다

개울이 키우고 있는 것이 물푸레인지 물푸레가 키우고 있는 것이 개울인지 알 수 없지만

나뭇잎 하나 얼음 위로 소금쟁이처럼 떠 있다

난청

나뭇가지와 흙바닥이 없었다면 문맹률은 한참 더 올라갔을 것이다

봄이었고 중이염을 앓고 있었다
군대에 간 오빠가 귀를 잃은 편지를 보내왔다
오빠의 전사 위로금으로
귓속 가득 쌓인 난청을 들어냈으나
나는 한 쪽이 꽉 막힌 사람이 되었다

목련나무들마다 하얀 붕대를 풀고 있었고
한 쪽의 실음失音을 얻었다

들리지도 않으면서, 어지러운 방향만 들어 있는 귀
커튼을 닫은 귀
소음들이 문을 벌컥 열어젖히고 있었다
귀를 닮은 꽃들, 소리가 없는 봄이 지나갔다
껍질만 남은 귀에
어둠이 팔짱을 낀 채 옆에서 걸었다
지금도 뒤에서 부르는 소리는
방향이 없다

나의 문자는 흙바닥과 나뭇가지에서 나왔으므로 쉽게 지워지고 쉽게 부러졌다
　시든 귀들이 뚝뚝 떨어진 목련 밑
　흰 목련꽃을 열고 달팽이관을 꺼내 갖고 놀았다

　들리지 않는 귀에는 오빠가 들어 있고 오빠가 작곡한 악보에는 한쪽의 귀가 없었다
　나뭇가지에서 나온 낙서를
　쓱쓱 문지르고 가는 흔들리는 그늘
　슬픔에게 배운 글자에겐 홑받침이 많다

거절의 사전

거절의 사전辭典에는 꼬리말이 붙어 있다
붉은 무안함이 색인으로 표시되어 있는 지점, 위로는 등을 두드리고
상한 마음은 발등을 내려다본다
누구든 이 거절의 사전 한 권쯤은 갖고 있다
개정판이든 오래 전 것이든
구차한 생활의 목록에 꽂혀 있다

거절의 사전은 무거운 낱장으로 엮어져 있고 자음과 모음이 맞지 않아 더듬거리는 문장이다

혓바닥은 가볍게, 가지런히 풀어놓은 불혹의 거짓말
완곡한 요구와 정중한 거절의 확률은 대부분 한 페이지에 같이 수록되어 있다
때론 찾지 못해 우왕좌왕하는 경우도 있고
이미 몇 군데 빌려준 예도 있어
단일문장으로 이렇듯
많은 갈래의 의미를 지닌 해설도 드물 것이고
상황에 따라 응용할 수 있는 문장도 무궁무진하다

서글펐던 거절과 서글펐던 부탁이 한 입에 있고
건조한 음성으로 처음 발음해보는 단어를
입에서 끄집어내야 할 때가 내게도 있다는 것
절판되지 않는 사전이 있다
우리의 혓바닥 밑에는
적어도 수천 권의 사전들이 들어 있다

벽조목霹棗木

　그 집엔 번개 맞고 살아 있는 대추나무 한 그루가 있었지 햇살만 받아 마셔도 장독대는 터질 듯 부풀었고 그 옆 곁을 작은 남새밭의 푸성귀들은 입이 비뚤어진 사람들의 점심 반찬이 되기도 했지

　눈썰미 귀썰미 밝은 할머니, 어긋난 방향을 가진 입들이 드문드문 찾아왔지 그때마다 동쪽으로 뻗은 그을린 가지들은 하나둘 꺾어지고 뒤틀린 인사를 받았지

　반대쪽 방향을 몰고 오는 방향, 마당가엔 비뚤어진 말들만 가득했지 무면허 할머니의 특효약 소문은 또로록, 굴러가는 대추처럼 인근의 마을로 굴러갔지

　꼬막 속을 채워 반대편 팔목 안쪽에서 탁란이 때를 기다렸지 귀 기울이면 부푼 물집 봉긋하게 올라와 소리 없이 가라앉을 때쯤 침들도 반듯한 길을 찾고 귀에 걸어둔 동쪽 가지들은 심심한지 가끔씩 귓바퀴를 물어뜯기도 했지

　검붉게 타다 만 나무는 천기를 받아 오행을 두루 구비한다고 했다나. 삼발이 모양 나무 입 걸이 구안와사 환자들은 지금도 돌아오지 않는 방향의 입을 가지고 대추나무 밑을 서성이고 있지

세상에서 가장 뜨거운 나무.
잔가지 사라지고 굵은 몸통만 남아 있는 고목
지금도 가끔 꿈 속에선 푸른 대추나무 잎들이
입에서 귀 뒤쪽으로 한없이 흔들리고 있지

옹관

앙암 동쪽 나주 독 널 무덤가에서
옹관 재현 사내에게 옹관 하나 들였다

한 집안의 흘러가는 시간이 검은 봉지 같은 맛을 낼 때면 뒤란의
소금단지를 자주 열어 소금 빛을 뿌린다

귀찮은 것들은 부패를 앞세워
습기 찬 얼굴로 일조량을 요구한다
세상의 짠맛들은 건달처럼 들락거리지만
싱거운 말들만 늘어놓는다

바람이 앉았다 간 꽃잎을 따서 맛을 보면 짭짤하다
새벽 쪽에서 오는 어둠을 마당 밖으로 쓸어낸 빗자루 지나간 자리
에 소금을 뿌린다

옹관의 내장은 거무튀튀한 독평獨平이다

소금의 순환, 끝없는 갈증은 아무도 모르는 시간에 수도꼭지를 풀
고 있을지도 모른다
갈증의 뒤끝은 늘 울렁거리고

오래 물 담아놓은 옹관의 안쪽 맛이 난다

맨발로 밟아 반죽한 부드러운 무늬들이 장딴지 근육으로 불끈 굳
어가는 가마 속
옹관의 고향은 흙이다

소금같이 피어나는 이팝나무가 새하얀 머리를 흔들고 있다

엄마네 꽃집

부업의 가계에는 벨벳의 시간이 있다
부친의 계약은 늘 바깥의 일이었고
엄마네 꽃들이 우리 집에서 회복기를 거치는 동안
쌍가락지의 짤랑거리던 원이
내 손가락에서 헐렁하게 빛났다

멋쟁이 꽃들이 화분에 담겨 배달되었다
창피한 교복의 시간,
단정한 창피함

짜증나는 꽃의 꽃말들을 애써 찾았다
엄마의 플로리스트 자격증 안엔 분갈이의 향이 짙었다
근방에 없던 직업이라는 것
넓은 터를 유산으로 받는 슬픔

처음 보는 꽃들,
처음 보는 향기들이 집을 옮길 때마다 지루하게 따라다녔다

예쁜 엄마의 시절만 찾아다녔고
낯선 꽃말이 생리를 물어다 주었다

사루비아 꽃의 단내가 촌스럽다고 생각했다
꽃은 엄마네 꽃집에서 가장이었다

길게 웃자란 가지 꺾어 사방수반四方水盤에 일주지 삼아 놓고
표정 없는 꽃숭어리들을 소개시킨다
엄마네 꽃집에선
계절이 없어 슬펐다

진정성 있는 쪽으로 기울어지는 마음가짐

　세상은 이렇듯 힘든데, 환한 불빛 아래 당선소감문 쓰기가 두렵고 송구합니다. 시는 말씀의 집을 규모 있게 짓는 것이라는데, 집을 지을 재료는 풍성한지 있기는 한지 내심 불안하고 난감할 뿐입니다. 추운 겨울날 얼음의 뜰을 얼려두고 서 있던 그 물푸레나무가 생각납니다. 아무리 곧은 나무라 할지라도 겨울엔 햇살 쪽으로 그 몸이 조금 기울어진다고 합니다. 좋은 공부 진정성이 있는 쪽으로 기울어지는 마음가짐을 다짐해봅니다.

　가장 추운 바람 속에서도 시적 영감을 나에게 준 물푸레나무에게 감사를 전합니다. 그 때 바위 밑에서 들리던 졸졸 물소리를 씨앗으로 삼겠습니다.

　희망이란 단어를 컴퓨터 위에 붙여두고 글을 쓰던 시간들이 행복했습니다. 가야 할 길이 멀지만 끝이 없음을 오히려 다행이라 여깁니다. 덜 여문 시를 세상으로 밀어내주신 심사위원 선생님들께 그리고 맹문재 교수님께 감사를 올립니다. 글쓰기의 고통을 함께하는 문우들과 이 기쁨을 나누고 싶습니다.

　힘들 때 꽃을 보라시던 어머니가 많이 생각납니다. 늘 든든한 배경이 되어주는 사랑하는 남편 태규 씨와 날카로운 비판을 아끼지 않는 지혜로운 딸 수란과 곁에 있기만 해도 든든한 아들 준영이와 기쁨을 함께 나누며 모든 영광을 주님께 돌립니다.

치밀한 묘사력, 견인주의적 시각 돋보여

　대개 오늘날의 새로운 경향의 시는 상관관계가 멀게 느껴지는 이미지의 조합이나 산문적인 형식의 실험을 통해 이루어진다. 하지만 말의 상투적인 틀을 해체하고 인간의 감성을 새롭게 드러낸다고 하여 어불성설이 되어서는 곤란할 것이다. 전적으로 자유 속에서 이루어지는 것 같은 꽃의 개화開花도 후에 관찰해보면 어떤 법칙이 내재해 있다. 그러므로 읽히지 않는 시라고 하여 다 난해하다고 단정할 수는 없다. 그런 까닭에 시가 난해하기는 해도 어불성설이 되어서는 안 된다는 말은 관계가 없어 보이는 사물들에서 상관관계를 보는 참신한 시각과 그에 따른 보편성의 획득이 중요하다는 의미로 받아들여져야 할 것이다.

　신춘문예는 참신성과 패기가 새로운 보편성을 창출해나가는 신인들의 미래 문법이 각축을 벌이는 축제의 장이다. 예심을 통과한 21명의 작품 중에서 최종심에서 논의된 것은 이재흔의 「크라이오닉스」, 이해존의 「유목의 방」, 이여원의 「물푸레 동면기」와 「난청」 등 4편이었다. 「크라이오닉스」는 발상이 참신하지만 언어의 경제가 이루어지지 못하고 실패한 은유들이 더러 눈에 띈다. 「유목의 방」은 말미의 비약이 아쉽다. 이 시는 고시원이라는 막막한 삶의 공간을 대초원이라는 상상적 공간으로 재해석해 낸다. 그러나 말미의 '고시원 휴게실'과 앞에서 펼쳐낸 '몽골 사내'의 이야기가 어떻게 연관을 맺을 수 있는지 좀더 치밀하게 접근했어야 한다. 세상에 완벽한 시는 성립할 수 없다지만 불가능한 것을 끝까지 물고 늘어지는 능력은 시인이 갖추어야 할 덕목이다.

　결국 이여원의 두 작품에서 하나를 당선작으로 선정하기로 이견 없이 합의했다. 「물푸레 동면기」는 얼음물에 떠 있는 겨울의 물푸레나무를 치밀하게 묘사해가면서 서정시의 깊은 완성도를 보였다. 또한 「난청」은 사물을 포착하는 감성이 신선하다. 그만큼 두 작품 모두 각각 완성도와 참신성이라는 양측면에서 잘 빚어냈다. 그의 두 작품 중에서 「물푸레 동면기」를 당선작으로 선정한 것은 아포리즘의 도움 없이 세밀하고 실제적인 묘사만으로 새롭게 열어 보이는 서정의 창출이 읽을수록 착착 감기는 감칠맛과 더불어 깊게 다가왔기 때문이다. 얼음물 속에서 동면하는 물푸레에서 견인주의적인 접근을 통해 "푸른 잎들은 물 속 돌 밑에 들어 있고/ 겨울 동안 잎맥이 생길 것이다"라는 성숙한 견자의 시각을 이끌어내는 점도 인상적이다. 당선을 축하하며, 우리 시단에 서정의 새로운 활력을 불어넣어주길 기대한다.

심사위원 : 도광의 · 박형준

이해원

본명 : 이숙자
1948년 경북 봉화 출생
1999년 수필춘추 신인상 수상
2012년 세계일보 신춘문예 시 당선

clearson@hanmail.net

■세계일보/시
역을 놓치다

역을 놓치다

실꾸리처럼 풀려버린 퇴근길
오늘도 졸다가 역을 놓친 아빠는
목동역에서 얼마나 멀리 지나가며
헐거운 하루를 꾸벅꾸벅 박음질하고 있을까

된장찌개 두부가 한껏 부풀었다가
주저앉은 시간
텔레비전은 뉴스로 하루를 마감하고 있다
핸드폰을 걸고 문자를 보내도
매듭 같은 지하철역 어느 난청지역을 통과하고 있는지
연락이 안 된다
하루의 긴장이 빠져나간 자리에
졸음이 한 올 한 올 비집고 들어가 실타래처럼 엉켰나
기다리다 잠든 동생의 이불을 덮어주고
다시 미싱 앞에 앉은 엄마
헝클어진 하루를 북에 감으며 하품을 한다

밤의 적막이 골목에서 귀를 세울 때
내 선잠 속으로
한 땀 한 땀 계단을 감고 올라오는 발자국 소리

현관문 앞에서 뚝 끊긴다
안 잤나
졸다가 김포공항까지 갔다 왔다
늘어진 아빠의 목소리가
오늘은 유난히 힘이 없다

육교 밑 고고학자

반 평 조립식 건물
검은 뿔테안경의 송씨가 글자를 발굴하고 있습니다
반창고 감긴 손으로 글자의 골격을 맞춰 나갑니다
고분에서 나온 뼈를 다루듯 조심조심
후욱 숨을 불어넣습니다
그가 새긴 이름들이 종이 위에서 일제히 살아 움직입니다
첫 이름을 새긴 여학생의 두근거림
직인 한 방에 집 날린 사내의 눈물
그리고 2년 전 가출한 아내의 악다구니도 있습니다
그 잔소리 여지껏 파내지 못해 가슴 깊숙이 박혔습니다
벼락 맞은 대추나무에 수없는 복福을 새기느라
그의 뼈가 덜걱거립니다
거리에는 함박눈 한 장이 땅에 깔렸습니다
가게 앞으로 목도장과 뿔도장 같은 사람들이 바쁘게 지나갑니다
발자국을 꾹꾹 찍는 행인들
편의점 아저씨의 빗자루가 크고 작은 발도장을 지우고 있습니다
송씨의 가게 앞 차디찬 백지 한 장도 순식간에 구겨졌습니다
봄이 오면 건너편에 컴퓨터 도장집이 생긴다고,
육교가 철거되기 전 마지막 겨울
오늘만은 불빛이 뜨겁습니다

어둠이 소복소복 내리는 저녁
뼛가루 같은 문자들이 하늘에서 쏟아집니다
그는 육교 밑에서 낯선 이름들을 발굴 중입니다

냉장고는 태교 중

냉으로 가득 찼던 불임의 냉장고가 임신을 했다 플러그를 햇살에
꽂고 아지랑이 울렁대는 입덧을 한다

폐지더미에서 골라놓은 동화책도 읽고 앉은뱅이저울의 눈금도 세
어보고 늘어진 테이프 뽕짝도 들어보고 길어진 한낮에는 미주알고
주알 입술 부푼 잡지책도 넘겨보고 구름을 쳐다보다 명상에 잠기고

여섯 살 계집아이가 넣어 둔 인형을 품고 몸이 무거워진 냉장고,
담장에 어깨를 기대고 있다 지나가던 봄이 고개를 갸웃거린다 안에
선 발길질이 심했나 문짝은 어긋나고

만삭인 냉장고, 새똥의 무게에도 다리가 꺾인 채 금방이라도 주저
앉을 것 같다 왕진 나온 바람이 녹물 비친 그녀의 배를 쓰다듬는다

장총

장맛비 간간이 내리는 밤
전동차 안은 졸음이 가득하다
책 읽는 아가씨 옆자리에 앉아
가방에 우산을 넣으려는 순간
탁!
자동 발사
턱이 날아갔다
사람들의 놀란 눈빛에 얼얼한 턱을 만져본다
피가 손끝에 미끈거린다
흉기로 변한 이 우산
내가 잠시 방심하는 사이 총구를 겨누고
어쩌자고 내 턱에다 방아쇠를 당겼을까
창 밖엔 다시 비가 내린다
손잡이를 철컥 다시 장전한 뒤
불법 무기를 살살 달래 가방에 넣고
눈을 감는다

이번 역은 총신대 총신대역입니다 내리실 비상구는 왼쪽입니다
번쩍 눈을 뜬다
사람들이 하나씩 들고 있는 장총
총구가 나를 겨누고 있다

앞으로만 뻗은 길

횡설수설 고함이 하늘에 꽂힌다
2층이 흔들리고 동네 개들의 합창이 시작된다

과거는 할머니를 통과하고 사라졌다
바람같이 사라진 기억의 끄트머리를 잡으려고 달려도
길은 수시로 툭툭 끊어진다

전화번호와 이름을 목에 걸고 집에서도 집을 잃는 할머니

방문에 자물통을 채우고 베란다에 앉아 쳐다본 아들의 하늘에는
어머니가 부쳐 주던 동그란 애호박전이 떠 있다
서랍 속에도 기억은 없고
밤새 보따리를 풀었다 다시 묶는 그녀의 방문 앞
반딧불이 같은 아들의 담뱃불이 밤을 지킨다

툭! 홍시 하나 떨어진다
며칠 동안 개들이 짖지 않는다

우장雨葬

의식이 은밀히 진행되고 있습니다
대문을 굳게 닫아 건 마당에서
머리부터 해치우고
몸통에 달라붙어 질척질척 살을 찢고 있습니다
움찔, 살점이 튈까봐
담벼락이 한 발짝 뒤로 물러납니다
바람의 기도문 소리 들릴락말락
나뭇가지 끝이 달싹이고
피 냄새 코끝에 상큼합니다
멀찍이서 차례를 기다리던 하수구도
오랜만에 목을 축였습니다
살집이 좋던 그를
뼈 한 조각 남기지 않고 쪼아 먹은 비
독수리 떼처럼 하늘로 날아갔습니다
억센 부리 앞에서도 형태를 유지한 두 눈은
빨간 모자와 함께 바닥에 흩어지고
빗물이 마지막 모습을 지우고 있습니다

지친 나에게 새로운 불꽃이 일어

이런 기쁜 일이 있으리라고는 생각도 못 했습니다. 두 번의 수술로 몸과 마음이 지쳐 올해가 빨리 지나갔으면 좋겠다고 생각했는데 머리를 한 대 얻어맞은 듯, 귀를 의심했습니다. 너무 떨려서 전화도 제대로 받을 수 없었습니다. 늦게 시작한 분들에게 희망이 되었으면 좋겠다는 생각도 잠시, 젊은 문학도의 길을 가로막은 건 아닌지 미안한 생각이 들었습니다.

늦게 출발하여 시의 발아점까지 달리기엔 숨이 찼습니다. 햇빛도 보기 전에 멈춰버린 날들이 폐지처럼 수북이 쌓였습니다. 부질없는 짓이라며 몇 년 동안 시를 놓은 상태에서 마지막이라 생각하고 있었는데, 느닷없는 당선 소식으로 마음에 불꽃이 일었습니다. 이 소중한 불꽃, 시를 향한 뜨거운 열정으로 태우겠습니다.

옛날 호롱불 밑에서 밤늦도록 책을 보시던 아버지와 어머니의 모습이 떠오릅니다. 그 때 저의 가슴에 시의 씨앗 하나 묻어놓으신 분들, 기뻐하실 모습을 상상하니 너무 보고 싶어 눈물이 납니다.

주저앉은 저에게 손을 잡아주신 유종호, 신경림 심사위원님과 세계일보사에 머리 숙여 감사드립니다. 시의 길로 이끌어 주신 박주택 선생님, 항상 용기를 주시던 이문재 선생님께 큰절 올립니다. 시로 인연 맺은 선생님들 감사드립니다. 시사랑 화요팀 선생님들과 문우들 고맙습니다. 묵묵히 지켜보는 남편과 딸 미라, 아들 명훈이와 창훈이, 친지들, 친구들, 저를 아는 모든 분들과 이 기쁨을 나누고 싶습니다.

따듯하고 애달픈 시… 서민가정의 풍경 잘 묘사

 지난해보다 작품 수준이 높다는 것이 심사자들의 공통된 의견이었지만, 개성이 강한 작품이 많지 않다는 지적도 하지 않을 수 없었다. 유행을 타는 것인지 응모작들이 서로 비슷비슷한 점이 많이 발견되었는데, 여기에는 창작교실 등의 영향이 없지 않은 것 같다. 하지만 예선을 거쳐 올라온 작품들 중에서 특히 정수박이, 설수인, 이해원의 작품들은 당선작으로 일단 손색이 없는 것으로 판단됐다.

 정수박이의 「능선을 바라보며」는 무리 없이 읽히는 장점을 지녔으며 호소력도 상당하다. 한데 내용이 너무 평범해서 어디서 한 번 들은 것 같이 귀에 익다. 「민달팽이」는 자신을 방어할 수 있는 껍데기조차 지니지 못하고 대학을 나온 아들의 취직을 위해 동분서주하는 오늘의 아버지 모습이 잘 나타나 있어 많은 사람들에게 공감을 주기에 충분한 내용이다. 그런데도 당선작으로는 무언가 1퍼센트 모자란다는 느낌을 주는 것은 어느 한 구석 맺힌 데가 없어서일 것이다. 설수인의 시 가운데서는 「투석실의 하루」가 가장 인상적이었다. 직접적인 체험 없이는 쉽게 얻을 수 없는 표현이라는 점이 우선 호소력의 단초를 제공한다. 그 고통을 통해 도달하는 깨달음도 상당한 설득력을 갖는다. 한데 조금 장황하고, 내용 탓인지 읽는 사람을 고통스럽게 만드는 대목이 없지 않다. 「줄 끊긴 바이올린」이나 「앉은뱅이저울」에 대해서도 같은 소리를 할 수 있을 것 같다.

 이해원의 「역을 놓치다」는 참 따듯하고 애달픈 시다. 여러 면에서 오늘의 정서를 잘 대변하고 있다고 말할 수도 있다. 가난하지만 평화스럽고 행복한 서민의 가정 풍경도 잘 보여주고 있다. 그러면서도 새롭고

예리한 느낌을 주지 못하는 흠을 가졌다. 「육교 밑 고고학자」나 「냉장고는 태교 중」은 비유가 안이하고 서툴다. 이상의 후보작들을 놓고 숙의한 끝에 시의 완성도에 무게를 두기로 하면서 「역을 놓치다」를 당선작으로 선정했다.

심사위원 : 유종호 · 신경림

최호빈

1979년 서울 출생
한국외국어대학교 불어과 졸업
고려대학교 국문과 대학원 박사 수료
2012년 경향신문 신춘문예 시 당선

sadlyx@hanmail.net

■경향신문/시

그늘들의 초상

그늘들의 초상肖像

외팔이 악사가 기타를 연주하는 하얀 레코드판 위로 한 아이가 돌면 걸음마다 붉은 장미가 피어난다 오선지에 적힌 외팔이의 과거를 한 페이지씩 뒤로 넘기면 검게 변해버리는 장미, 같은 자리를 다시 지날 때 멈추는 음악, 검은 장미의 정원 줄이 끊어진 듯 문은 닫히고 검은 레코드판 위로 한 줌의 꿈을 꾸었다고 고백하는 잿빛 음악이 무책임한 허공을 읽는다

*

안전선 밖으로 물러나주십시오,
안내 방송이 끝나기 전 먼저 도착한 바람에 몸이 흔들린다

*

태어나자마자 걸친 인간의 가죽이 낯설어서 울면, 목에서 흘러나오는 짐승의 잡음을 따라 다른 영아들도 울었다 우는 자에게 위안은 더 우는 자를 보는 것 전생과 후생 사이를 감지하는 나의 두개골은 밀봉되기를 거부했고 뒤늦게 나타난 간호사가 기껏 흘린 피를 지워주었다 차지해야 할 자리를 잡지 못한 오감의 무중력 속 나는 갈라진 틈의 눈으로 울다가 낯선 요람에서 잠을 깨기도 했다

*

울음마저 피곤하게 느낄 때 내게 열리는 것
보일 듯 말 듯 소중해지는,
잘 보이지 않는 것들이 움직인다

기묘하게 균형을 유지하려는,
책상과 옷장과 침대가 말없이 싸운다

젖은 옷을 입은 채 나를 말리기 위해
회의적인 귀를 바닥에 대면
잠든 나에게 속삭이는 누가 있다
집으로 돌아가진 못한 소식들이
무언가에 부딪혀 움푹해진 순간으로 흘러든다
예전의 마른 상태로 돌아가는 소매
팔보다 긴 그림자를 흔드는 소매

나조차 없는 느낌의 눈 속엔 아무도 없는데
속삭임이 멈추지 않는다
지금 내 귓속엔 하루를 순환하는 입이 살고 있다

착란錯亂

다음 해의 초록을 선택하려는 나무들이 껍질 속으로 떠난다
손끝에서 심장까지 검은,
햇살을 닮기 위해 저녁은 새의 단편을 따로 떼어 단단한 가지에
물들인다

어제의 길 위에서 다시 날개를 접는 새처럼
나는 그림자를 따라 그리며 저녁을 뒤진다
외로운 곳에선 그림자도 한 사람
눈을 감았다 뜨며 깜박하는 소리를 들으면
속이 궁금한 항아리처럼 천천히 볼록해지는 날들
바람이 불면 목소리를 잃어버린 영혼들이 인간이라는 창문을 긁
고 지나갔다

검은 하늘의 내부에
숨을 남겨둔 물방울
비가 내릴 때마다 벌레 우는 소리가 내 이마에 감긴다
떠도는 집들이 담벼락에 난 자국을 따라 모이는,
별보다 밤이 빛나는 밤
외벽의 이끼는 다른 어둠에 귀를 기울였다

발을 내딛어 발자국을 구기듯 별들은
죽은 이의 가장 아름다운 꼬리를 닮아가고
떨어진 자리에 얼어붙은 낙엽은
어디로 갈지 아는 듯한 표정을 붙잡고 있다
불평 없이 걸음을 멈춘 구름과
골목에서 사는 동물은 그림자로 눈에 띄는 법을 알고 있다
먼 발소리에 일제히 움직인다
문득 고개를 돌렸을 때 마주하는 유리창의 이상한 침묵같이
숨을 멈추고 지나가는 길
손을 붙잡아도 나눌 수 없는 지문처럼
나는 홀로 주위를 맴도는 사람
흔한 얼굴들을 감추는 밤이 조용히 위태로워졌다

발치拔齒

너는 그 시각의 나를 목격했다는 말을 전해 들으며
어떤 인생으로 나를 밀어낸다

한 쌍의 소음 속 스스로에게만 결백해진 후
얼굴에 뒤집어쓰는, 잠시 긴 호흡
내가 끌어안는 불편함이란
이런 모습을 하고 있겠지, 라는 표정을 짓는다

수평이 사는 들판에선 나를 만나지 않겠다

내 몸 안에 들어와 나보다 더 아파줄,
약 같은 말들
진심에 잘 듣는 속삭임

대량의 슬픈 긍지를 작은 목소리에 공들이는,
대답하면 차분해지는 말
아름다울 정도로 건강한 미문迷文이
각 숨에 붙어 있다

심장에 가까운 손으로

너의 말버릇에 거슬리는 행간을 집으면
머릿속에서 기대했던 다른 꽃들이
내게 손짓을 한다
오라는 건지 가라는 건지 알 수 없는 인사
그런 손짓은 여행처럼 보이게 멀리 두거나
꼭꼭 씹어본다

배웅이 서툴러 쳐든 팔을 사라지게 만들 때
조바심 쪽으로 부는 바람
입 속에는 떠난 이들의 이름으로 가득한데
뽑아야 할 이[齒] 하나를
나는 건전히 키워낼 수 있을까

거미집에서의 밀회

숨죽인 채 별들은 지붕의 결을 따라
귀에 고이도록 검은 젖을 흘리고
각기 다른 궤도로 핏줄기가 점점 얇게 퍼져가는 눈꺼풀로
밤이 고백처럼 스며든다

잠들었던 걸까, 거미가 세밀하게 제도製圖를 했는지
시계視界엔 유례 없는 안개가 포개어져 있다
방울방울 촛농들이 식어가며 색의 변천사를 써내려갔던 수 세기
중심을 잃은 것에 대해 아름답게 변명하고 싶다
제때에 눈물이 나온다면

지붕에 올라 달의 사열을 받을 때
텅 빈 하늘의 배후背後에서 들려오는 생각의 냄새
멀리서 구름을 입에 문,
빨간 맨발의 아이가 춤을 추며 날아든다

무너지는 별들의 기하학적 성채, 공석空席들
나는 언어의 형태로 대생된,
감히 물감이 닿지 않는 기사騎士.

한때 울타리였던 목탄으로
동그라미와 사과 반 쪽을 뒤섞으며
거칠게 밤을 지새워도
죽은 씨앗을 골라 줍는 새벽은 온다
내 속에 비친 길마저 아득할 것처럼
하늘에선 여전히 어떠한 결점도 발견되지 않는다

마린 스노우—marine snow

군청빛 세계에 눈이 내린다

지하철 문 옆에서 우리는
눈 속에 그려지기도
눈으로 지워지기도 한다
반복적으로 눈은
계속 내릴 것 같았으나 잠깐씩 역마다 그치고
사람들은 익숙하게 떠오르거나 가라앉는다

우리의 게임은 다의적이지 않았다
오늘은 당신의 차례
나를 무덤덤하게 더하거나
나를 무덤덤하게 빼거나
혹은
당신만을 열정적으로
부를 수 있었다

당신은 지금 나의 엄지손가락을 바라보고 있다
눈 속으로 당신의 열 손가락이 내린다
잊어줄래 새하얗게

게임은 즐기기만 해
당신을 무덤덤하게 더하거나
당신을 무덤덤하게 빼거나
혹은 나만을
허무하게 부를 순 없다

수면 위로 사람들의 입김과 당신이 흩어진다
당신을 생각했던 자리에 눈이 쌓인다
그렇게 하지 않으면 안 됐을 것처럼, 제로

오래된 계단

0시, 뻐꾸기 시계가 잠시 멈춘다 지하의 낡은 철문이 열리면 계단의 등골이 오싹해진다 먼 곳에서부터 온 힘겨운 발걸음의 그림자들이 잘게 구부러진 모습으로 계단을 기어오른다 12성좌가 하나로 모인 밤, 한 사람이 잠들면 한 사람이 잠에서 깨고 얼어 있던 빛의 탈주가 시작된다

추위가 잠들면 북극의 바다엔 구름이 없다 한 겹 얼음 밑에 멈춰있는 시간 한때 오로라를 모으던 사람들이 있었지만 지금은 썰매도 마을도 저녁의 연기도 남아 있지 않다 오늘도 바다는 빙하의 나이를 세고 있다 구름을 기다리는 바다 수백 년의 빙하를 깨고 녹지 않는 숲으로 흘러든다

산 자의 무게에 짓눌려 잠든 자들이 깨어나면 외침은 입 속에서 일제히 얼어붙는다 온기가 남아 있는 시선마저 사라지면 탯줄 끊긴 그림자를 돛 삼아 바람을 읽는다 북극성이 감긴 눈 속으로 무너져 갈 무렵 두 귀를 파도에 담그면 저 멀리 순록이 커다란 눈망울에 담긴 정적을 내려놓는다

붉은 바람이 나오는 호스를 틀어본 적 있니,
오늘도 누군가의 발바닥은 검게 변해 있다

자주 검은 계단을 향해 웃곤 하는,
북극의 바다엔 아무도 없다

멋진 병, 현기증이 나에 대한 믿음 되살려

한 인간이 있었다. 그는 세상을 전부 이해하기 위해 한 인간에 만족하지 못하고 모든 인간이 되길 바랐다. 한때 내 몸은 그의 것이라 생각했다. 그래서 나는 모든 것에 반항하기 위해 오랫동안 아무것도 하지 않았다. 남들은 나를 평온한 얼굴을 한, 소극적이고 내성적인 아이로 기억하겠지만 그 평온함은 아이보다는 죽은 이의 것에 가까웠다. 나는 그의 영혼이 아니라 그의 죽은 몸을 닮고 있었다. 스무 살의 겨울, 몽마르트 언덕에서 길을 헤매던 중 한 묘지로 들어갔고 처음 본 공동묘지에 그를 내려놓았다. 파리의 지붕들을 뛰어다니던 그에겐 밟고 다닐 무덤들이 필요했을 것이기 때문이다. 나는 아직 몽마르트를 예술가의 거리가 아니라 예술가의 무덤으로만 기억한다. 그의 빈 자리가 말을 건넨다. "나는 침묵과 밤에 대해 썼고, 표현할 수 없는 것에 유의했다. 나는 현기증을 응시했다."

얼마 전 흑백의, 내 머릿속 사진을 보았다. 한 번도 마주친 적 없는, 커다랗고 외로운 눈[目]이었다. 그 눈은 대답을 무한히 지연시키는 질문만을 내게 건네는 듯했다. 나에게 내가 너무 작다는 생각이 들어 잠깐 숨이 막혔다. 아무 문제 없다고 의사는 말했지만 그 이후로 나는 눕거나 일어날 때 어지럼증을 느낀다. 그것은 마치 내 안에 살았던 기억과 감정들이 깨어나면서 나에 대한 불신들 사이에 나를 믿게 만들 씨앗을 흩날리는 것 같았다. 살아 있다. '멋진 병'에 걸렸다. 다행이다.

아버지, 어머니에게 고마움과 건강히 오래 지켜봐주길 바라는 아들의 마음을 전한다. 시 쓰는 길을 열어주시고 큰 관심을 가져주신 최동호 선생님과 '곧'이라는 말로 격려해주신 선후배님께 감사드린다. 시

속에 숨어 있으려는 나를 밖으로 꺼내주신, 멘토 권혁웅, 조연호 그리고 금요일의 선생님들과 친구들의 크고 달콤한 힘에 감사한다. 다른 내일을 열어주신 도종환, 박주택 선생님께 감사드린다.

개성과 진실은 시를 계량하는 중요한 잣대

　신춘문예는 말 그대로 '새 봄의 문학'이다. '새 봄의 문학'은 혹한과 얼음을 이긴 '새싹의 문학'이자 '꽃핌의 문학'이다. 이는 오랜 탁마와 절치부심切齒腐心의 순간을 견디며, 개성적인 세계를 창조하려는 노력 끝에 찾아오는 문학이다. 이 점에서, 시를 구성하는 미적 형식과 내용을 직조하는 시선, 제재를 가공하는 세공술, 그리고 이를 각고로 새겨 돋우는 치열한 정신은 '새 봄의 문학'이 갖추어야 할 중요한 예술적 덕목들이다.

　예심에서 올라온 시편 중에서 심사위원들의 주목을 끈 것은 시가 지니고 있는 본령을 견지하면서도 개성적 시각으로 삶의 진실을 드러낸 것들이었다. '개성'과 '진실'은 시를 계량하는 중요한 잣대로 '지금까지, 어떻게 썼는가'보다는 '앞으로, 어떻게 쓸 것인가'에 대한 관심을 포함하고 있어 미래적이다.

　당선작 「그늘들의 초상」은 대상과 세계를 해석하는 강한 추동력과 낮은 자의 고통을 존재의 장소에서 불러내는 동일자의 윤리를 보여준다. 함께 투고한 시편도 고르게 완성도가 높아 높은 점수를 받았다. 후보작 「곰탕」은 조곤조곤한 어조로 "뼛속까지 곰삭은 그리움을 푹 고아내고 나면 눈꽃처럼 퍼지는 풍경소리를 들을 수 있으리라"와 같이 세계를 긍정한다. 그러나 산문적 사변思辨이 골격을 이루고 있어 아쉬움을 남겼다. 「로켓맨」은 시적 형상화라는 측면에서 튼튼한 신뢰를 얻고 있지만 대상과의 간격이 지나치게 좁은 것이 흠이었다. 「그 자작나무 숲으로」는 참신하기는 하나 주제를 드러내는 데 인색했다.

　모두에게 "날씨가 차가워진 뒤에야 소나무와 잣나무의 푸름을 안다"

는 말과 같이 '견인'과 '겸양'을 함께 권한다.

심사위원 : 도종환 · 박주택

한명원

1965년 서울 출생
학원 논술 강사
청소년 수련관 NIE지도 강사
여성회관 독서논술지도 강사
2012년 조선일보 신춘문예 시 당선

mwhan65@hanmail.net

■조선일보/시
조련사 K

조련사 K

그는 입 안에 송곳니가 점점 커지고 있는 것을 느꼈다. 두 발로 걷는 것이 불편할 때도 있어 혼자 있을 때 네 발로 걸어도 보았다. 야생은 그의 직업이 되었고 조련은 가늘고 긴 권력이 되었다.

모든 권력은 손으로 옮겨갈 때 가벼워진다. 눈치를 보는 것들의 눈빛은 언제나 심장을 겨냥하는 법. 다만 두려운 것은 손에 들려 있는 권력일 뿐이니까.

조련사 K. 그는 아침마다 동물원을 한 바퀴씩 도는 순방이 있다. 금빛 은행잎이 K의 머리 위로 왕관처럼 씌워진다. 철조망에 갇힌 초원이 펼쳐져 있다. K는 손을 흔들거나 휘파람을 분다. 잠자던 맹수가 눈을 뜨더니 달려온다. 무릎을 꿇는다.

K는 맹수의 꼬리를 목에 두르고 맹수코트를 걸치고 곤봉을 휘두르는 자신을 상상하곤 한다.

어느 날부터인가 K의 얼굴에 구레나룻이 생기고 몸에 털이 자라고 손톱은 길어졌다. 모든 모의謀議는 자신도 모르는 사이에 생긴다. 말 안 듣는 맹수에게 먹이를 주지 않고 채찍을 휘두르며 맹수보다 더 맹수처럼 사나워져 갔다.

얼마 전 야생의 모의謀議가 철조망을 빠져 나갔다. 그 후 K의 통장으로 감봉된 월급이 들어왔다. K는 자기 목을 조르는 조련사가 있다는 것을 처음으로 느꼈다. 머리카락이 빠지고 몸에 털이 빠지고 손톱이 빠졌다.

조련으로 청춘을 보낸 K는 결국, 야생을 놓치고 말았다.

새로운 조련사들이 들어오고 그들은 맹수들과 더 빨리 친해졌다. 동경하던 야생은 저쪽에서 어슬렁거렸다. 이빨 빠진 맹수 한 마리가 다른 맹수 눈치를 보며 어슬렁거렸고 금빛 왕관은 가을 저쪽으로 다 날아가 버렸다. 얼마간 퇴직금의 조련을 받는 힘없는 맹수가 되어 있었다.

엘리자베타 게라르디니*의 여행

세상에 얼굴만 바라보는 사람들이 있었고 세상에 얼굴을 수집하는 얼굴이 있었다.

혹은, 한때 여행자였다고 한다.

뒷문을 열어준 누군가를 따라 이곳저곳을 여행한 적이 있다.
창문을 넘어 경비행기를 타고 사라졌다는 후일담과 배경으로 들어간 길을 따라 구불구불한 여행이었다고 한다.
스스로 사주한 도난이었을 것이라는 소문과
배후로 지목되는 것은 공기 원근법이라는 소문 또한 있다.

후일 수천 개의 펜촉과 잉크병들이 먼지와 수증기를 뚫고 행적을 되짚었다고 한다.

골동품 가게들이 보이고 유난히 불룩한 유리창 안에서 그녀는 배를 햇볕이불로 덮고 왼쪽의 시선으로 거리의 사람들을 구경하고 있다. 선과 선이 부딪치는 표정, 아마 뱃속의 아이에게 태어날 아이에게 미소를 알려주려는 듯.

어쩌다 얼굴을 마주보는 화형畵形이 되었을까

미소의 관 속에 오래 앉아 있는 화형畵刑을 견디고 있을까

가끔, 엘리자베타 게라르디니라는 본명을 찾아주는 사람들이 있
다
귀를 기울여 미소 뒤 요람 속
아이 울음소리를 들으려는 사람들도 있다
도난을 도모하고 싶다는 듯
어서 이 웃음이 밖으로 다 낡아 갈 날을 기다린다는 듯.

* 레오나르도 다빈치가 그린 모나리자의 본명.

몽유안夢遊眼

엄마가 외출하면 눈동자를 밖으로 내보낸다
밖으로 나간 눈동자가 창문을 들여다본다

금발머리 인형에겐 여분의 눈동자가 있다 아이는 눈 없는 말을 인
형의 귓속에 넣어준다
속삭이는 말투로 꽃들이 피어났다

이제 저 현관문은 열리지 않아 안에서 두드리면 밖에서는 열 수가
없지 우리는 이곳에 갇혔어 너의 눈알이 빠진 것을 엄마는 몰라 어
쩌면 네 얼굴을 바꿀지도 몰라 걱정 같은 건 하지 마 말랑한 벽엔 언
제나 시간이 묻어 있으니까

엄마는 열쇠 없는 말을 너무 많이 가지고 있어
우리는 더 많은 눈알을 모아야 해
뻐꾸기가 벽에서 나올 때마다 숫자들이 부화한다
액자 속에 구름이 둥둥 떠 있다

숫자들이 날아가고 있어
꽃병 안의 꽃들도 다 날아갔어
이제 눈 밖으로 나가야겠어

아이는 눈을 열고 문을 꺼내 시간을 진열한다

뻐꾸기가 낳은 시간들이 날아가고 빈 시계가 자정을 알리고 딸각
현관문은 열리고 불안이 가득 들어와 쉰다
　아이도 인형도 현관문도 시간도 모두 눈을 감고 잠들고
　여분의 눈알들은 몽유夢遊에 모여 논다

노인을 위한 나라는 없다*

팔각정 계단 위에 떠 있는 모자들
앞을 멍하게 보는 모자, 신문을 보는 모자, 옆사람에게 말을 거는
모자, 장기를 두는 모자

실버영화관 포스터에 옛날 배우는 어색하다
청춘은 어색하다
어색한 대사와 어색한 관계가 그립다
지나간 옛날을 빌려와 늙고 늙은 연애를 한다

영화 포스터에서 나온 사내가 총구를 겨눈다
느티나무 사이로 긴장이 관통한다
총성도 없는데 팔각정 계단을 꽉 잡은 손이 부들부들 떨린다
동전 앞면 아니면 뒷면의 시간을 선택했던 순간이 새처럼 날아오
른다
피는 한 방울도 흘러내리지 않는데
쓰러지는 장면이 가끔 있다

음악은 언제부터 구름 속으로 실종이 되어갔나 앞만 보며 달리던
돈가방은 어느 별에 도착했을까

모래바람이 불어오는 철

　모자들이 하나 둘 날아가기 시작한다 담배를 사던 복상회를 지나
고 머리를 깎던 장수이용원을 지나 돌담길 따라 무상점심을 기다리
는 긴 무표정의 줄

　모자가 벗겨지고 또 벗겨지지만
　노인을 위한 나라는 없고 노인공원이 있을 뿐이다

* 코엔 형제가 감독한 미국 영화.

사냥일지

강물의 곡선이 거대한 포식자에게 먹히고 있다 저것은 금속동물, 검은 지층을 먹고 살지

언제부터 금속의 입과 위장으로 강과 갈대와 작은 피라미들과 몇 백 년을 흘러온 저 물소리가 밥이 되었나

유전자의 변종
군데군데 깊은 웅덩이를 보면 탁한 식사와 깊은 식욕을 알 수 있지
물의 기슭과 은빛 햇살들을
한입으로 먹어치운다

파괴의 식사로 유지되는 육중한 몸뚱이, 물새둥지며 갈대숲을 통째로 먹는 잡식의 포식자가 오늘은 시동을 끄고 한낮의 포만을 즐기고 있다

파괴된 먹이사슬의 검은 배설물은
슬금슬금 구름 속으로 파고들지

빛이 서서히 고요 속으로 가라앉을 때 녹슬어 있는 굴착기 삽날에

서 핏기가 번쩍인다. 이빨에 찍힌 것들을 소화시키기 위해 식사를
마친 저단의 속도가 어슬렁어슬렁 걸어간다

　언제까지 멈출 수 없는 사냥이
　회전판 버킷을 안고 안개 속으로 사라진다

푸른 별, 수박

중심점을 잡고 쩍 자르면 붉은 능선이 한 쟁반이다
뜨겁게 과즙이 흘러내린다
꼭지를 뚝 끊고 이곳까지 굴러온 잘 익은 사막
한 입 베어 물자
아그작거리는 별들이 이빨 사이에서 부서진다
푸른 별, 이것들은 어느 행성에서 날아왔을까
모래과육을 밟으며 따라가면
사막을 빨아들이는 뿌리와 노을의 씨앗을 잉태한 성단이 있다
흙과 흙이 섞여 꽃으로 피었으며
뜨거움이 뒤엉켜 낮과 밤을 뚫고 뻗어나갔으리
그때 노을은 태어났고 사막은 서늘해졌다
꼭지점을 향해 걸어가는 낙타 등이 보인다
입 안에 모래과즙이 끈적거린다
별을 뱉어 낙타 등 위에 올려놓는다
그것은 직선 아니 곡선의 길, 고요가 흐르는 별의 무덤이다
하나가 채워지면 하나는 비워지는
사막 속으로 저녁이 가라앉는다
푸른 오아시스를 밖에 두고 온 바람
베어 먹은 사막의 빈 껍질이 휑하니 휘어져 있다
두드리면 통통 소리가 나던 푸른 별이었다

초심으로 돌아가 세상에 소외된 것들을
노래하겠습니다

아, 저에게도 이런 날이 오는군요. 연말 캐럴 송을 들었지만 올해의 캐럴은 유난히 따뜻한 음절로 들립니다. 상처 받으면 혼자 공상하고 중얼거리는 것을 좋아하던 제가 이렇게 보상을 받는군요. 세상의 모든 관계들과 사물들에게 감사합니다.

집 근처에 있는 동물원으로 아이와 손을 잡고 자주 갔었습니다. 방학 때마다 개최하는 동물교실을 수강 신청했습니다. 염소에게 풀도 주고 물개들에게 생선도 던져주며 동물들과 친해지는 시간을 가졌습니다. 조련사를 보면 동물들은 달려왔고 아이들에게 설명을 해주었습니다. 아이는 어느새 컸고 삶이 힘들고 버거울 때마다 나는 여전히 동물원을 찾았습니다. 새장 속 독수리, 철창 속 호랑이, 돌 위에서 앞만 멍하게 바라보는 곰 식구들. 그들은 나의 친구였고 나였기에 야생을 그리워하는 서로의 눈빛을 교환하며 위안을 얻었습니다. 동물원 입구에 서 있던 나뭇잎이 휘날리고 머리 위로 나뭇잎 왕관이 씌워지는 것 같았습니다. 그렇게 동물원을 다 돌고 나올 때가 되면 어느새 마음이 편해져 겸손한 내가 오만했던 내 손을 잡고 있었습니다.

미흡한 제 글을 뽑아주신 조선일보와 조정권, 문정희 선생님께 머리 숙여 감사드립니다. 문학에 처음 발을 디뎠을 때 용기를 주신 중앙대학교 예술대학원 이승하 선생님께도 인사드립니다. 앞으로 열심히 쓰겠습니다. 시를 쓰고 싶다는 생각이 들게 한 친구 미정, 옥련, 미선에게 고맙다는 말을 전합니다. 나와 함께 같은 길을 가는 제자들과 기쁨을 나누고 싶습니다. 신이 내린 축복 같은 딸 수연과 오랜 시간 묵묵히 견디어준 남편에게 사랑한다는 말을 전하고 싶습니다. 초심으로 세상에 소외된 것들을 노래하겠습니다.

치밀한 관찰과 묘사… 섬뜩한 시적 투시력 보여

본심에 올라온 8명 응모자들의 작품을 읽고 선자들은 갈수록 장황해지고 난삽하고, 모호해지는 오늘날의 시의 흐름을 다시 한 번 확인했다. 시 본연의 길을 추구하는 시로서 시의 고전적 규범이라 할 언어의 함축미와 새롭게 삶을 성찰하고 투시하는 상상력의 결핍이 심화되어 간다는 것을 발견했다. 논의를 거듭하며 검토한 결과 최종적으로 3명의 작품이 남게 되었다.

먼저 「창밖이 푸른 곳」 등 3편을 투고한 김은지의 경우 「뿔의 냄새」가 눈길을 끌었지만 아쉽게도 이미 과거에 응모했던 동일 시를 계속 투고하고 있다는 점이 신인으로서의 자세가 아니라는 점과 다른 두 편의 시적 사유도 평면적이란 점이 못내 아쉬웠다.

「조련사 K」 등 3편의 작품을 투고한 한명원의 경우 산문적 진술을 꾀하며 그 안에 극적 구성을 만들어가는 과정이 거슬리지만 삶의 구체성에 대한 치밀한 관찰과 묘사가 눈길을 끌었다. 그의 시는 오늘날 현대사회를 살고 있는 우리들의 자화상을 되돌아보게 해준다. 그러나 시적 발상이나 화법이 새롭다기보다는 유형화된 틀에서 크게 벗어나지 못했다는 한계를 갖고 있다. 그러나 이번 응모자 중에서 인간과 현실에서 삶의 남루함을 포착하는 섬뜩한 시적 투시력을 보여준 유일한 작품이란 점에서 관심을 끌었다.

「불통을 어루만지다」 외 3편을 투고한 정지우의 경우 시적 표현은 응모 시 중에서 가장 세련되어 보였지만 「뒷문의 형식」이나 「사춘기」와 같이 시를 거의 관념에서 끌어오고 있다는 점이 아무래도 불안해 보였다.

두 선자는 당선작을 최종적으로 가리는 과정에서 유형화된 시적 틀에 갇힌 시라는 다소의 불만이 있었지만 그럼에도 삶을 관찰하는 한명원의 「조련사 K」가 보여준 힘없는 맹수가 되어가는 과정을 그린 단단한 말의 가능성을 믿어보기로 합의했다. 시라는 것은 삶과 현실에 대한 성찰과 열정의 산물이라는 점을 거듭 강조하고 싶다.

심사위원 : 문정희 · 조정권

허영둘

1956년 경남 고성 출생
중앙대학교 예술대학원 문예창작 전문가과정 수료
2012년 부산일보 신춘문예 시 당선

56narcissus@hanmail.net

■부산일보/시

나비가 돌아오는 아침

나비가 돌아오는 아침

젖은 잠을 수평선에 내거니 새벽이다
밤사이 천둥과 함께 많은 비가 내렸다
예고된 일기였으나 어둠이 귀를 키워
여름밤이 죄처럼 길었다
생각 한쪽을 무너뜨리는 천둥과 간단없는
빗소리에 섬처럼 엎드려 나를 낭비했다

지난 봄, 바다로부터 해고통지서가 날아왔다 세상은 문득 낯설어
졌고 파도는 사소한 바람에도 신경을 곤두세웠다 코발트블루 바다
는 손잡이 없는 창窓, 절망보다 깊고 찬란했다 열리지 않는 문 앞에
서 나의 슬픔도 그토록 찬란했을까 나는 구름 뒤에 숨어 낮달처럼
낡아갔다 들판의 푸른 화음에 겹눈을 빼앗긴 나비를 기다리며 나는
오지 않는 희망에 날개를 달아주고 싶었다

바다가 깨어난다
졸려도 감을 수 없는 희망
돌아서는 파도의 옷자락을 따라가면
거룩한 경배처럼 엎드린 섬들
나는 존엄을 다해 아침 바다의 무늬를 섬긴다
희망이란 소소한 풀잎이거나

날비린내 풍기는 고깃배의 지느러미 같은 것
풀잎도 계단도 허리까지 젖어 궁리가 깊다
밤새운 탕진에도 하늘이 남아 드문드문한
구름송이들은 젖은 마음을 문지르는 데 요긴하겠다
마루 끝에 앉아 커피를 마시는 동안
담장 아래 칸나의 방에 볕이 붉게 들고
거미는 방을 훔치는 수고를 덜겠다
느슨하던 수평선도 다시 팽팽해져 나비를 부르고
고깃배 한 척 안개를 젖히며 희망처럼 돌아오고 있다

엉겅퀴

매혹을 생각한다
끈적하게 엉겨 붙는 쓸쓸함 혹은
영감靈感 어린 화가의 붓
빛깔로 보면 몽상가의 다락방 같고
폭죽처럼 부푸는 상상은
목청 다해 부르던 그녀의 노래
나는 붉고 달콤하던 여름의 상처를 떠올린다
빛 되어 사라진 소멸의 입술들
지극한 상실을 생각한다
하늘의 하늘로 음파가 번진다
자홍빛 눈물로 구름을 유혹한다
허공이 고요히 흔들리고
천 갈래 향기가 피어 사랑은 아득하다
무성한 계절은 그늘이 짙어
향기가 환히 드러나는 법
나에게 가까이 오진 마세요
이곳에선 이슬도 발톱을 세운답니다

매혹을 훔치려다 햇살에 발을 찔렸다 헛디딘 마음을 찔렸다 지상
에 가시를 두른 뜻은 창공을 밟고 눈으로만 오라는 것이지 흙 묻은

발로는 딛지 말라는 당부, 함부로 허공을 꺾지 말라는 경고에

눈을 찔렸다
눈이 눈물이 될 때까지
파고드는
서릿발 같은 햇살 한 쌈
볕처럼 돋는 매혹

낡은 바퀴가 있는 오후

담 아래 멈춰 선 접시꽃 두 송이
저 바퀴는 또다시 꽃 피울 수 있을까

나는 잘못 배달된 3월 눈송이로 창을 꾸미고
아침의 사과 같은 휴식을 좋아해요
달빛을 만돌린처럼 튕기는 풀벌레의 작은 손과
지구를 묶으며 사라지는 기적소리에 골몰하지요
가끔 마른 바람 채찍 삼아 사막을 내달리고
숲의 정수리에 참빗을 꽂아 머리를 손질해요
숲 속에는 헝클어진 영혼들이 칡넝쿨처럼 자라지요
휘파람 소리 내는 정오의 바다를 지날 때
오래 전 익사한 구름을 생각하지만
허공 속으로 사다리를 세우진 않아요
이 도시에서는 무소의 뿔처럼 용맹정진하지요
누군가 내 거처를 물어오면 지상을 통과하는 구름의 은유와
쉽사리 해독되지 않는 강물의 파랑을 보여줄 거예요

그는 관성의 힘으로 달려온 수레바퀴
멈추지 않는 길은 속도를 만나 벼랑이 되고
바람은 습관을 조금씩 녹슬게 하네요

완고한 햇빛도 생각을 더디게 하지요
길에 짓밟힌 질경이가 개체 수를 늘리는 동안
끓어오르는 지열에 하오가 흘러내려요
밟고 온 페달은 전화기 속 잡음처럼 목이 쉬었네요

만찬 끝낸 저 접시는 이제 더 이상 향기를 만들지 못하나요
적막을 베어 문 그늘에 사선의 바퀴살만 흥건해요

개구리 울음소리

이것은 한 마지기 꽃밭이다 이 꽃들은 허공에서 핀다 가지런히, 아니 산만하게 한 음조씩 다른 빛깔로 핀다 꽃은 피면서 자신의 생을 모두 뱉어낸다 꽃 피는 소리에 달빛이 노랗게 익는다 꽃은 향기와 함께 한 계절을 다 떠메고 갈 기세다 허공이 치밀해지고 살갗이 따갑도록 향기가 달려든다 나는 꽃을 피해 봄밤을 닫는다 꽃은 바람이 되어 밤을 잘게 부순다 냄비처럼 꽃은 피면서 자신의 생을 물 속에 넣고 삶는다 꽃이 핀다 와글와글 너의 옛날도 한 마지기 두 마지기 조개껍데기처럼

입춘

동면의 벌레들이 서로 기대어 보리뿌리점을 치며 꿈꾸는 사이 호수는 엎드린 채 겨울을 난다 발치에 선 상수리 가지가 투둑투둑 말을 걸어도 묵묵부답 미동도 없다 숲이 거북이걸음으로 추위를 지나는 동안 호수는 갑골동물처럼 단단해진다 바람이 칼끝을 대 여기저기 균열이 보인다 단단하다는 말을 깊이 들여다보니 맑고 투명한 속을 가졌다 어미가 자식을 안을 때의 마음 멈추지 않는 물결을 품고 있다 안간힘이 보인다 저 안간힘으로 굶주린 겨울에 한 켜씩 살을 내주고 갑골의 등을 얻었으리라 따각따각 등을 깎는 바람과 몸을 던져오는 뭉치 눈에 찰랑거리는 살도 아낌없이 주었으리라 딱딱하게 굳은 등을 구름이 쓰다듬고 쑥새가 토닥인다 샛별이 글썽 다녀간다 수초 속에 산란을 시작할 별과 헤살 지을 어린 것들 생각에 해산 앞둔 어미처럼 설레는 호수, 돌아온 봄이 등피를 살살 벗기면 겹겹의 물결로 만개할, 블라우스 단추를 풀고 불은 젖을 물리며 호수는 봄밤처럼 그윽하겠다

월하정인도月下情人圖에 들어가 보니

처마 끝에 달 기울어 물 속처럼 밤이 깊다
이따금 물방울 튀기듯 풀벌레 우니
석류 익는 담장 너머로 파문이 청량하다
담 모퉁이는 비밀을 키우기 좋은 장소
초롱불을 들었으나 갸륵한 불빛은
두 사람의 밀회를 전부 들추지 않는다
지상은 혼곤한 잠 속에 들고 먼 하늘에 별들 아련한데
스치듯 비껴가는 여인과 나의 눈길
먼지 낀 세월 사이로 별이 쏟아진다
물빛 쓰개치마 쓰다듬던 달빛이
여인의 눈꼬리 근처에서 교태를 더하니
사내의 도포 자락이 바람도 없이 흔들린다
묶어 올린 치마폭은 연심으로 부풀고
보얀 속곳과 오이씨 버선 위에서
화원의 은밀한 떨림도 만난다
밤은 애틋하게 익어가고
연정은 어스름 달빛에 녹아
사위가 몽롱하다

아득한 세월의 봉인을 열어 그들과 조우했으나 내가 읽은 것은 담

벼락에 담긴 몇 줄 글귀뿐, 두 사람의 비밀한 내력 한 자락 읽지 못했다

어디로 향하는 걸음인지 사내의 가죽신은
어느새 마음 이끄는 곳으로 향하는데
따를 듯 말 듯 몸을 튼 여인의 자태가 야릇하다
달은 두 사람을 비추는 일로 은근하고
나는 저무는 달이 위태로운데
적막 속 스며든 안개만이 무심하다

살아 있는 동안 가슴에 나비를 품고

늦은 나이에 시작한 내 글쓰기는 내 속의 우울을 하나씩 끄집어내 세상과 눈 맞추게 하는 행위다. 형체 없이 스며 있던 상처와 욕망이 육체를 얻어 활동하게 하는 작업, 나무 속에 들어가 가지 따라 솟구치고 햇볕에 몸 비비며 잎으로 팔랑거리게 하는 일이다. 바람의 팔과 햇살의 눈으로 고루 세상과 마주하는 일. 오래 바라보면 사랑하지 못할 대상이 없다. 세계는 평등하고 풀벌레 한 마리, 돌멩이 한 개의 삶도 눈물겹도록 진지하다.

보송보송 마른 마음으로는 시가 오지 않는다. 무언가 아련하고 아릿한, 나는 그것이 오랜 세월 내가 떨쳐내고 싶었던 우울이라는 것을 안다.

눈부신 날개를 팔랑이며 나비가 돌아온 아침이었다. 당선 통보의 벅찬 감동은 한계에 다다른 것 같던 내 시력詩力에 대한 절망감에도 환하게 해를 비쳤다. 살아 있는 동안 가슴에 나비를 품고 살 것이다. 언제나 최초의 시간을 쓰기 위해 노력을 멈추지 않을 것이다.

참신한 상상력으로 시 쓰는 즐거움을 알게 해주신 김영남 선생님 감사합니다. 정동진역 회원님들, 유진 시인님과도 이 기쁨을 나누고 싶습니다. 채우지 못한 한 줄을 붙들고 밤을 새울 때 따뜻한 차 한 잔 슬그머니 놓고 나가던, 내 시의 첫 독자이며 평자인 남편 이일상 씨, 시 쓰는 엄마를 자랑스러워하며 응원해준 동걸, 언젠가는 시인이 될 것 같은 다영이, 행운을 물고 우리 집으로 날아온 나현, 모두모두 사랑합니다.

부족한 시를 뽑아주신 심사위원님들께 좋은 시로 보답하리라 다짐하며 부산일보사의 무궁한 발전을 기원합니다.

새로운 어법 통한 도전의식 돋보여

 본심에 오른 것은 총 6편이다. 최은묵의 「알」, 권동지의 「늦은 귀가를 베껴쓰다」, 권수진의 「과메기」, 이주상의 「편두통」, 손상호의 「시미즈 터널」, 허영둘의 「나비가 돌아오는 아침」 등이다. 이들은 수준에 올라 당선작으로 하여도 무방한 느낌이 들었다.

 「알」은 발상이 참신해 눈이 갔으나 아직 관념이 형상화보다 앞선 점이 문제로 지적됐다. 「늦은 귀가를 베껴쓰다」는 삶의 고단함에 대한 감성의 풍부성이 주목되나 상상력의 허점과 문장의 완결성 부분에 문제가 제기됐다. 「과메기」는 파란만장한 삶을 바다에 비유해 전개한 참신성이 돋보이나 주제가 너무 상식적인 수준에 머무르는 것이 흠으로 지적됐다. 「편두통」은 현대 사회를 살아가는 동시대인의 복잡한 심리를 번득이는 표현으로 포착한 점은 놀라우나 관념이 너무 앞서고 설명적이라는 점이 문제로 언급됐다.

 그리하여 「시미즈 터널」과 「나비가 돌아오는 아침」이 종심에 들어가게 되었다. 「시미즈 터널」은 쓸쓸한 삶의 내면을 더없이 자연스럽고 유려하게 표현한 점이 장점으로 두드러졌지만, 이 점이 오히려 완숙한 경지를 보여주어 신춘문예로서 가지는 발전 가능성에 한계가 있다는 지적이 나왔다. 이에 비해 「나비가 돌아오는 아침」은 새로운 어법을 통한 도전의식이 엿보이고 현실에 대한 인식의 깊이, 표현의 참신성도 갖춰 당선작으로 확정하는 데에 이의가 없었다. 당선자가 더욱 정진해 한국 시단의 중추가 되길 기원한다.

심사위원 : 김종해 · 천양희 · 김경복

시조

신춘문예 당선 시조

김종두

2004년 경북대학교 대학원 졸업
2011년 신라문학대상(시조 부문) 수상
2012년 서울신문 신춘문예 시조 당선
현재 심인고등학교 교사

mask96@hanmail.net

■서울신문/시조
연암, 강 건너 길을 묻다

연암, 강 건너 길을 묻다

차마 떠나지 못하는 빈 배 돌려보내고
낯선 시간 마주보며 갓끈을 고치는 연암,
은어 떼 고운 등빛에 야윈 땅을 맡긴다.

근심이 불을 켜는 낯선 세상 윈 무르팍,
벌레처럼 달라붙은 때아닌 눈발 앞에
신고 온 꿈을 물리고 놓친 길을 묻는다.

내일로 가는 길은 갈수록 더 캄캄해
속으로 끓는 불길 바람 불러 잠재우면
산과 들, 열하熱河를 향해 낮게낮게 엎드린다.

남산 답사기
—— 감실 부처

마적 같은 눈보라도 함부로는 범치 못한,
시린 댓잎 서걱서걱 깊어 가는 겨울밤에
캄캄한 바위 안으로 거처를 옮기신 이

발 시린 나무에겐 아랫목을 내어주고
시름도 멍든 시름 곱게곱게 닦은 새벽,
산 노루 발자국소리에 고개 들어 보는 이

더 높은 길일수록 낮추어야 열린다며
헝클어진 실을 풀듯 세상 시름 다 푼 뒤
때늦은 새벽 별빛에 설친 잠을 청하는 이

* 감실 부처 : 경주 동남산 불곡에 있는 부처로 소박한 여인의 분위기를 풍겨 '아줌
마 부처' 라고도 부름. 자연암을 파내어 감실을 만들고 그 안에 조각한 여래좌상으
로 공식 명칭은 '경주 남산 불곡 석불좌상' 임.

금강전도金剛全圖 속을 걷다

누가 저 화공 보고 환쟁이라 불렀는가
발끝에 붓을 매고 골골마다 쓸어내니
바람 속 근골마저도 숨겨둔 뼈 드러낸다.

녹슨 칼 갈고 벼려 봉우리에 꽂아둔 채
등줄기 타고 가다 농묵濃墨으로 수결하면
결 따라 흘러내리다 움찔 솟는 태극 물결.

개골의 시린 가슴 한 어깨로 떠받치고
비로봉 하얀 과녁 맨손으로 겨누던 이
기어코 풀어헤친다, 진경眞景의 새벽 물소리.

* '금강전도'는 왼쪽의 흙산은 점을 많이 찍어 부드러운 검은색으로, 오른쪽의 바위
  산은 날카로운 흰색으로 나타내어 그림 전체가 태극 무늬를 이루고 있다.

새벽 편지

호명을 기다리며 떨고 있는 종이 위에
어둠을 묻혀내어 맨손으로 길 틔운다
부딪쳐 퍼덕거리며 날이 서는 푸른 밤

얼마나 부서져야 상처까지 입맞출까
가슴팍에 파도 높아 너울대며 달려가도
여전히 싸늘한 행간은 여울처럼 맴돌고

기다림도 매만지면 달빛 되어 온다기에
시린 약속 다독이며 손끝으로 녹여내면
어느새 솟구친 문장, 새떼 되어 날아간다.

겨울나무

절룩대지 않는 삶이 세상 어디 흔하랴
손끝에 맺혀 있는 저 순백의 꽃송이들
중력을 거슬러 올라 숨가쁘게 열린다.

역도선수 팔뚝처럼 잔뜩 부푼 가지마다
부름켜 재우면서 은빛 봄날 더듬을 때
햇살은 머뭇거리다 은근슬쩍 비켜서고

견딜수록 깊어지고 부서져야 솟는다고
흔들리며 살 채우는 청솔가지 쳐다보며
땅 깊이 언 발을 묻고 초록빛 꿈 세운다.

적과摘果

터지는 꽃망울에게 다짐해둔 그 언약을
던져서 증언하려 또 기꺼이 무너지면
나무도 함께 흔들리며 그림자를 내리고

초여름 부신 햇살 창문을 두드릴 때
쓰러져야 다시 솟는 자연의 역리 앞에
가지는 제 몫의 짐을 온몸으로 가늠한다

무슨 할 일 그리 많아 쥐고만 있는 걸까
부화를 지켜본 뒤 훌훌 터는 열매처럼
폐 속에 가둔 새들도 내보내야 할 텐데

더 깊고 넓게 세상 품고 싶어

라다크 민족의 속담에 '말을 백 마리나 가진 사람도 채찍 하나가 없어 남의 신세를 져야 할 때가 있다.'라는 말이 있습니다. 우리는 그물망처럼 얽힌 이 우주에서 끊임없이 타자와 에너지를 주고받으며 살아갑니다. 한 편의 작품이 탄생되는 과정도 이와 같으리라 봅니다. 달려왔던 길을 가만히 되돌아보니 거기에는 수많은 분들이 아로새겨 놓은 격려와 채찍의 흔적이 보이고, 산과 들, 물과 바람, 햇살과 달빛의 호흡도 잡힐 듯합니다.

학교에서 아이들을 가르치다 보니 도리어 많은 것을 배우게 되었습니다. 아이들은 저에게 부단히 새로운 가르침을 요구해왔고, 저는 이들과 어울리기 위해 책을 읽고 경험의 폭을 넓혀 나갔습니다. 특히 독서는 자신을 성찰하는 유용한 도구이자 드넓은 세상으로 나아가는 통로가 되었습니다. 책을 매개로 다양한 인물들과 대화하고 세상과 소통한 경험이 제 시조 작품의 모티프가 되었다고 생각합니다.

오랫동안 시조를 읽어오면서도 시조의 맛을 몰랐는데, 시조를 짓기 시작하면서 시조가 지닌 특유의 매력을 알게 되었습니다. 넘실대는 모국어 가락 속에 다채로운 삶을 담아내는 시조, 이 시조는 한 편의 드라마처럼 다가와 제 삶의 가장 중요한 부분이 되어버렸습니다. 아이들에게 시조의 멋과 가치를 심어주려고 애썼고 또 틈틈이 시간을 내어 시조를 써왔습니다. 하지만 사색의 깊이가 얕고 언어를 부리는 힘이 모자라 번번이 무릎을 꿇어야 했습니다.

이 번민의 시간을 헤아려주시고 엉성한 넋두리를 따스하게 쓰다듬어주신 심사위원님께 감사드립니다. 이제 시조라는 신대륙을 향해 항해하는 출발선에 서게 되었습니다. 지금까지는 앞만 보고 달려왔는데, 이제부터는 사방을 살피면서 세상을 더욱 깊고 넓게 품도록 하겠습니다. 힘에 부치고 흔들릴 때마다 지금의 이 마음, 이 자세를 되새기면서 자신을 가다듬어 나갈 것입니다.

  시조는 글로벌 시대를 빛낼 우리 문화의 대표적 브랜드가 될 것으로 믿습니다. 따스하면서도 서늘한 시조를 지어 국격國格을 드높이고 세상을 풍요롭게 하는 데 한 알의 밀알이 되겠습니다.

세련된 감각적 재단 돋보여

　서사의 능란함과 새로운 화법을 찾으려는 탐색이 두드러진 해였다. 무게 있는 제재를 골라 그 본질에 낱낱이 접근하는 심도와 짜임새 좋은 남다른 전개를 보임으로써 사색과 습작의 치열함을 짐작하게 만든다.

　다만 안전하게 당선작에 오르려 번뜩이는 시도 대신 부드러운 변주만을 구사한 작품들도 있어 그 솜씨의 잠재력에 아쉬움을 느낀다.

　올해 시조 부문은 양적으로 늘어난 응모 편수만큼이나 질적인 진화 또한 돋보여 신진들의 필력에 대한 설렘을 갖게 한다. 고전적 원형과 현대적 미학을 동시에 이루어야 하는 시조에서 이처럼 적극적인 관심은 장르의 신선한 동력이 될 것이다.

　당선작은 김종두의 「연암, 강 건너 길을 묻다」이다. 시조의 본질을 지키면서 감각의 세련된 재단으로 수려한 완성도를 확보했다. 주제로 정한 시점이 과거이나 박제된 이야기로 흐르지 않고 동시대와 교감할 수 있도록 생기를 불어넣은 형상화가 뛰어났다. 기승전결에서도 매끈한 흐름으로 긴 호흡의 이야기를 탄탄하게 직조하여 주시할 만한 정점에 이르렀다.

　최종심에 오른 작품들은 장윤정의 「물의 사원 짓다」, 박성규의 「별을 쓸다」, 강송화의 「교각이 된 금강송」, 방승길의 「서해 낙조」이다. 저마다의 솔깃함으로 매료시키는 수작들이었으나 전개에서 표출된 작법의 출중함에 비해 흐릿해진 종장이 안타깝다. 또한 전반적으로 서술에 몰입하여 서정이 다소 희석된 듯하다.

　신춘문예를 위한 어떤 공식은 없다. 정답을 찾듯이 쓰기보다 압도적인 작법을 스스로 만들어낼 퍼덕이는 창의성을 기대해 본다.

심사위원 : 이근배 · 한분순

양해열

전남 순천 출생
순천대학교 대학원 국어국문학과 수료
2006년 계간 애지 신인상 시 당선
2011년 서울문화재단 창작지원금 수혜
시집 『영산수궁가』
2012년 조선일보 신춘문예 시조 당선

susu2y@hanmail.net

■조선일보/시조
외계인을 기다리며

외계인을 기다리며

끽해야 20광년 저기 저, 천칭자리
한 방울 글썽이며 저 별이 나를 보네
공평한 저울에 앉은
글리제 581g*!

낮에 본 영화처럼 비행접시 잡아타고
마땅한 저곳으로 나는 꼭 날아가리
숨쉬는 별빛에 홀려
길을 잃고 헤매리

녹색 피 심장이 부푼 꿈 속의 ET 만나
새큼한 나무 그늘에서 달큼한 잠을 자고
정의의 아스트라에아,
손을 잡고 깨어나리

비정규직 딱지 떼고 휘파람 불어보리
낮꿈의 전송속도로 밧줄 늘어뜨리고
떠돌이
지구별 사람들
하나둘씩 부르리

* 생명체가 존재하기에 적합한 조건을 갖춘 '또 다른 지구'가 골디락스 존(Goldilo-
cks Zone)에서 최근에 발견되었다.

혼불

몸이 타면
빛이 일어
그 몸빛 누가 담금질해
그림씨 손짓을 감아 액자 속에 담았네
우리 삶
최고의 발명
죽음* 품에 살리려

그래 헌것 된 얼굴 벗고
귀잠 끝 통잠을 깨워
경대鏡臺에 박힌 붙박이나비 못 빼낸 날갯짓으로
잊어라 나 사랑한 거
너 있어 나 빛났던 거

눈썹 단 자귀꽃이 오르려던 하늘이니
한번은 이만큼 오고 한번은 손사래 치며
단벌옷 히치하이커
섶불 따라 떠가듯

가거라 우주 품으로 큰 모니터 속으로

그곳은 로그아웃 없는 신세대 꿈의 무대
막 내린 1막 1인극
다시 펼쳐 오거라

＊『스티브 잡스 어록』 중 '죽음은 삶이 만든 최고의 발명'에서 인용.

참꼬막

돌 속
외눈을 보면
아이 적 갯바람 불고
뻘배를 밀고 나간 엄니가 돌아오고
들썽한
노을의 향기
먹가슴에 돋아와

잣대로 누운 장척리長尺里 꽂발 선 해안선에
손차양 젖은 속눈썹 한 아이 서성거려
기어코
핏물이 배인
눈망울이 어룽져

그 눈알 삼키고 나면
뱃속에 열린 내시경內視鏡
부릅뜬 개펄 눈마냥 또록또록 살아야 쓴다,
내 안의 마파람 속에
엄니 목소리 차들어

새꼬막 개꼬막들 눈도 아닌 헛눈들이
흐려진 초점으로 좀비처럼 웃는 뻘밭
나와라!
참 세상의 눈
외쳐대고 울고파

＊ 장척리(長尺里) : 전남 여수시 화양면의 해변 마을.

하마선인도蝦蟆仙人圖

천둥번개
이빨에 찢긴
장막을 들추고서
솥뚜껑만 한 두꺼비 이승길 행차시다
내 손목 끌어당기며
새집 가자 나랑 살게,

딱지 붙은
재개발촌
누더기로 쫓겨나와
세 발로 떼꺽떼꺽 달 품으러 나는 간다
달동네 여남은 평이면
허공 텃밭 얼만가

순금빛 입술 몇 개가 소나타를 타는 밤
무엇을 먹고 나면 이리도 배부를까
웃는다, 식구食口들 모여
달 한쪽씩 귀에 건다

순천만 짱뚱어

1.
들끓는 갯벌 위를 눈불 켠 물뱀이 뛰다

호미에 찍힌 손가락이 한조금 바닥에 튀다

하현달 칼날에 잘린 몇 뭇 혀가 하늘 날다

2.
저것은 허파가 있고
날개 달린
뻘밭의 단소短篇

진창에 처박힐수록
눈알 불거져 퍼덕퍼덕,

입 마른
죽창을 깨워
검푸른 낯빛 세운다

오독誤讀

물들면 무너질 셋집
개펄에 가득한데
게 구멍 사이사이 화인火印 찍힌 새 발자국

ㅅ,
　ㅅ,
　　ㅅ,

사람 인ㅅ으로
잘못 읽은 저 농게

한 걸음 다가서자 부르르 옆걸음질……
구멍에
쏘옥 들질 않고
거품 물고
눈자루 세우고
멀지도 가깝지도 않은 팽팽한 간격을 놓네

직선의 긴장만큼 큰 소통 다시 없어
늦거나 너무 이른 고백 더러 치명적이던 것을

이제야 알게 된 날에
뒷그림자 앞세우고

한 발짝 떼어보니
밀물이 발목 잡네
애태우다 놓친 사람 저기 서서 나를 보다
뻘밭의 혀가 마를 때
다시 오마, 사라지네

독학은 막막했다… 나는 참 운이 좋은 사내다

"달이 오르면 배가 곯아 배곯은 바위는 말이 없어/ 할일 없이 꽃 같은 거 처녀 같은 거나/ 남몰래 제 어깨에다 새기고들 있었다// 징역 사는 사람들의 눈 먼 사투리는/ 밤의 소용돌이 속에 파묻힌 푸른 달빛/ 없는 것, 그 어둠 밑에서 흘러가는 물소리// 바람 불어…… 아무렇게나 그려 진 그것의/ 의미는 저승인가 깊고 깊은 바위 속 울음인가/ 더구나 내 죽 은 후에 세상에 남겨질 말씀쯤인가"

가락이 살아 있는 가곡 〈기다리는 마음〉(장일남 작곡)의 노랫말을 쓰 신 고 김민부 선생님의 1958년 신춘문예 당선작 「균열」의 전문이다. 이 시에서 신운神韻을 느끼신 어느 대시인께서 몇 년 전 내게 시조를 권하 셨다. 그때 나는 판소리 서사시를 쓰면서 중중모리 휘모리 등의 빠른 박자에 4·4(3·4)조와 7·5(5·7)조의 결합을 시도하고 있었다. 먼저 그 분의 시조 사랑과 혜안에 고개 숙여 감사의 말씀을 올린다.

독학은 힘들고도 막막했다. ─이건 결코 혼자 힘으로 무엇을 이뤄보 겠다는 치기어린 오기가 아니다.─ 나는 시 속의 섬, 전남 순천만 근처 에 살고 있다. 소위 '중앙' 이란 곳에서부터 너무 멀어 '눈도둑질' 해가 며 혼자 공부할 수밖에 없었다. 부족한 작품을 올려주신 심사위원 선생 님과 조선일보사에 진심으로 감사드린다.

너무 기뻐하시는 아버님과 '수수' 라고 부르는 사랑하는 두 딸과 아내 에게 고맙다는 말을 전하고 싶다. 나는 참 운이 좋은 사내다.

환상을 현실적으로 녹이는 힘이 일품

　신춘의 고열이 식어갈 즈음, 누군가는 비상을 할 것이다. 온갖 갈망과 절망과 희망의 교신 끝에 터진 시를 물고. 물론 시조는 정형이라는 제련을 다시 뜨겁게 거쳐야 살 수 있다.

　그런 열병의 궤적을 읽는 즐거움이 컸다. 부적절한 말의 넘침이나 개념 없는 형식의 어긋남이 간간 보였지만, 율격과 이미지의 자연스러운 조합과 활달한 시상을 펼쳐낸 응모작이 많았다. 특히 박성규, 윤지후, 이병철, 이윤훈, 조예서의 작품은 끝까지 고심을 거듭하게 했다. 다양한 제재와 참신한 발상 등 새로운 시조 세계를 열어갈 준비가 충분히 되어 있었다. 하지만 시상과 형식의 밀도 있는 구조화나 세계 인식의 폭, 균질성 등에서 당선작에 조금씩 못 미쳤다.

　당선작은 현실인식과 상상력의 결속이 시원 발랄하다. 이미지와 율격의 능숙한 조직으로 구句와 장章맛을 살리며 단형의 구조미도 돋운다. 환상을 현실적 맥락 안에 녹여내는 힘 또한 일품이다. 거기에 "비정규직 딱지 떼고 휘파람 불어보리"에 머물지 않고 "떠돌이/지구별 사람들/하나둘씩 부르리"로 나아가며 노마디즘 정신 같은 꿈의 건강성과 낭만성을 곁들였다. '초인' 아닌 '외계인을 기다리'는 오늘을 살면서 배제당한 현실 속의 또 다른 '외계인' 같은 '떠돌이'들과 함께하려는 자세와 신인다운 패기도 크게 보았다.

　당선을 축하한다. 양해열 시인, 부디 시조단의 새로운 '글리제 581g'으로 힘차게 날기를!

심사위원 : 정수자

유영선

1960년 여수 출생
2011년 열린시학 신인작품상 수상
2011년 8월 중앙일보 시조백일장 장원 입상
제12회 전국 가사 · 시조 창작공모전 대상 수상
2011년 중앙일보 중앙신인문학상 시조 당선

msseon@naver.com

■중앙일보/시조
역에서 비발디를 만나다

역에서 비발디를 만나다

이번 역은 여름역 초록그늘 여름역입니다
온도가 조금 올라도 모세혈관 불붙는 사람
심장을 던져버리고
내리시면 됩니다

눈빛마다 불이 붙는 가을역 곧 도착합니다
남南도 북北도 한때는 저리 붉어 아팠는데
타는 몸 놓아버리고
바람처럼 내리세요

가슴에도 얼음 얼어 겨울역도 투명하군요
눈물의 달빛 사다리 환승할 분 내리세요
초승달 허리에 피는
살풋 그리움 안고

다음 역은 꽃잎 날리는 아지랑이 봄 역입니다
노랑제비 애기똥풀 별빛보다 밝은 마음
손끝에 하늘 물들 때까지
활짝 펴고 날으세요

쌀눈, 따뜻한 모서리

1

매일매일 챙겨 먹는 밥에도 눈이 있다
그 눈이 몸의 등불,
꽃 문임을 아는가
기장쌀 일구다 말고 모서리가 아파진다

2

지팡이의 촉각에 온몸을 의지한 채
색깔의 투명함을 상상으로 그리며
슴슴히 향기를 맡는 귀 맑은 사람들

3

흔하게 보여서 귀함을 몰랐다
언제나 곁에 있어
든든한 바람막이
물 함께 떠나보낸 후 사랑인 줄 알았다

비상구 혹은 신神의 눈

십자가 오로라 속
천둥의 눈을 피해
노둣돌 머리 밟고
새털구름 타고 가면
얼음 칼 그믐달 다리
날카롭게 서 있다

새들이 제 날개로 지붕을 만들듯이
살아 있는 동안은 너를 절대 놓을 수 없어
나무들 혼신을 다해 가지 눈을 에워싼다

지하철역 기둥 사이 쪽방마다 불을 켜고
허름한 꿈에 기댄 까칠한 노숙자들
조금만 귀 기울여봐 몸 눕히고 자— 쉿

어둡고 축축한
삶의 비탈 막다른 곳
서쪽 하늘 맨 처음
개밥바라기 눈 뜰 때
청명한 맘 두드리는 손

엘리시움*, 해가 뜬다

* 엘리시움 : 영혼이 맑은 사람들이 산다는 낙원.

자존自尊, 자코메티를 위하여

12월의 마음에는 터미널 같은 저녁 있지
잠행의 백미러로 멀어져간 기억들
일방로一方路, 가서 오지 않는
바퀴 같은
차표 같은

경적에 놀라서 때로 휘청거렸고
차선을 추월하려다 속도를 위반했지
엑셀도 브레이크도
헐거워진
가풀막 능선

자리 없는 짐칸에서 옹송그린 꿈이라도
플랫폼 손 흔들며 막차로 보내고 싶어
불빛들 잘게 쪼개진
흰 뼈들의 새벽이여

이우 移寓
—— 벽, 문이 되다

있으면서 없는 것처럼
보이면서 보이지 않는
비밀 같은 종교 같은
꽃 같은 바람의 집
아무도 들어갈 수 없지만
모두 다 바라보는

싸리울 스며드는
장작내음 훗훗한 저녁
"괜찮대도 그러네
이제 다 나았다니까"
눈두덩 거무스름한 벽
말기 위암 어머니

어둠에도 꽃이 되는
보칼리네 선율일까
생각의 사이마다
관계의 문을 연다
솔숲 향 사부시 내리는
초롱한 햇살의 길

울

티도 없이 새파란 하늘 결국 숨이 멎은 걸까
시간을 닫은 듯 가장자리 적요한데
무성한 북악의 솔숲
거친 눈매 여전하다

시린 바람 그림자처럼 왜 떠나지 못하는지
지는 낙엽 가는 물결 오종종히 새긴 말씀
손들어 새기는 뜻이
거울처럼 순결하여

얼룩진 기억들이 눈물 언저리 젖어들 때
그 자리 가시연꽃 시름 앓다 졌다는 소식
마른 밤 열린 빗장 열고
발자국이 또렷하다

사랑이 서성이는 동구 밖 그리움이라면
얼마나 더 외로워야 가슴이 따뜻해질까
오늘 밤 두레밥상 머리
달이 우련 환하다

만선의 깃발을 보았습니다, 얼굴까지 붉어집니다

　오늘 남녘 바다에서 오는 만선의 깃발을 보았습니다. 남도의 황토 빛깔과 갯내음이 왁자하게 밀려옵니다. 이 흥성스러움 앞에 어쩔 줄 몰라 얼굴까지 붉어집니다. 구석에 옹크린 채 눈물을 뚝뚝 흘리며 공책 가득 마음을 풀던 시절이 생각납니다. 그렇게 풀어 놓은 마음을 눈물 훔치며 다시 읽어 보고 내심 뿌듯해하던 철없던 때가 엊그제 같은데 어느새 세월의 나이테가 촘촘해 옵니다.

　나이가 들어 갈수록 혼자라는 의식의 횅한 공간에 시詩의 햇살이 있어 마음을 따뜻하게 데울 수 있었습니다. 가로수 맨살들 부딪치며 즐겁게 튕겨나는 은빛 소리들…… 맑은 공기와 하늘과 소슬바람들…… 오늘은 구석진 곳에서 쏟았던 시린 아픔들을 살풋 보듬을 수 있을 것 같습니다.

　어슴푸레한 길에 환한 불을 밝혀주신 심사위원 선생님들께 감사를 드립니다. 문학의 길을 처음 틔워 주신 문병란 선생님과 최한선 교수님, 낯선 서울에서 시와 시조의 울타리로 새롭게 이끌어 주신 이지엽 교수님께 감사드립니다. 항상 시작하는 마음 잊지 않고 노력하겠습니다. 오늘이 있기까지 저를 도와준 모든 분들과 이 기쁨 함께 나누겠습니다. 현준아, 유진아 사랑한다!

소통 꿈꾸는 따뜻한 마음, 신인다운 발상 돋보여

중앙신인문학상 시조 부문은 매월 신문 지면에서 검증된 이들만 응모할 수 있는 최고의 시조 등용문이다. 1차 관문을 통과한 27명 141편의 작품을 놓고, 다음 세대의 주역이 될 신인의 이름에 부응할 만한 신선함과 대성 가능성에, 기교보다 패기와 투철한 시정신의 사고와 감각에 주목하기로 했다.

심사위원들은 각자 4~5명의 작품을 선고한 뒤 논의 끝에 때깔만 화려하고 내용이 공허한 작품과 관념 서정, 제재가 진부한 작품을 걸러낸 뒤 최종적으로 「은행나무 친견親見」 「마하」 「고래역驛」 「역에서 비발디를 만나다」 등을 놓고 다시 난상토론을 벌였다.

그 결과 유영선의 「역에서 비발디를 만나다」를 당선작으로 결정했다. 이 시조는 다소 미흡한 측면이 없는 것은 아니나 몰개성하고 정석화된 기존의 시풍에 편승하지 않고 나름의 개성을 획득하고 있다. 단절된 세상과 소통을 꿈꾸면서 마음 시린 이들의 삶을 따뜻하게 감싸안아 희망의 봄으로 안내하는 현실 서정의 참신함과 신인다운 발상이 돋보였다.

「은행나무 친견」과 「마하」는 감각과 이미지 처리가 물 흐르듯 유연했으나 관념 서정이, 「고래역」은 패기가 돋보였으나 시조의 심장이라 할 수 있는 종장 처리의 안이함이 지적됐다. 최종심에 오른 이들의 정진을 기대한다.

심사위원 : 오승철 · 오종문 · 이종문 · 강현덕

황외순

1968년 경북 영천 출생
2009년 경주문예대학 수료
2010년 한국 방송통신대학교 청소년교육과 졸업
2011년 문열공 매운당 이조년 추모 백일장 장원
2011년 청풍명월 전국 시조백일장 장원
2011년 전국 가사·시조 창작공모전 우수
2012년 동아일보 신춘문예 시조 당선
2012년 부산일보 신춘문예 시조 당선

camus1276@hanmail.net

■동아일보/시조
눈뜨는 화석

눈뜨는 화석
—— 천마총에서

소나무에 등 기댄 채 몸 풀 날 기다리는
천마총 저린 발목에 수지침을 꽂는 봄비
맥 짚어 가던 바람이 불현듯 멈춰선다

벗어 둔 금빛 욕망 순하게 엎드리고
허기 쪼던 저 청설모 숨을 죽인 한순간에
낡삭은 풍경을 열고 돋아나는 연둣빛 혀

고여 있는 시간이라도 물꼬 틀면 다시 흐르나
몇 겁 생을 건너와 말을 거는 화석 앞에
누긋한 갈기 일으켜 귀잠 걷는 말간 햇살

문무대왕릉에서

동이째 솟구쳤나, 수장된 핏빛 열원

잠잠한 저 수평선 끝 불끈대는 힘줄 앞에

오래된 침묵 하나가 호통처럼 날이 선다

설화 속에 잠긴 시름 되살아나 우는 아침

물이랑에 흩뿌려져 속살대던 괭이갈매기가

한순간 갈기를 세워 대답하듯 홰친다

FTA에 멱살 잡혀 흔들리는 또 하루

샛바람 죄 꺾으며 스러지는 썰물 보라

들끓는 민심民心 재우러 먼 길 돌아왔는가

미궁에서 길 찾기

예비한 질료質料들을 다듬고 버무리는

입사 면접 대열 속에 조바심이 끼어 있다

십 분을 다 갉아먹은 캄캄한 질문 하나

튕겨져 나온 대답 줄기마다 싱거웁다

어떤 말을 끼얹어야 알맞게 간이 밸까

한물간 상차림 앞에 입맛이 쓴 표정들

짜깁기한 먼 미래가 레이더에 걸린 지금

출구 찾아 헤매던 실직의 시린 밤이

귓불을 후려갈긴다,

반지하 쪽방에서

꿈꾸는 역

누가 잠 깨우나, 귀 먼 저 모화역
기적소리 쿨럭이며 햇살 한 짐 부려도
잠의 집 헐지 못하는 숨소리가 웅숭깊다

시르죽은 하루하루 수신호에 당겨지면
무채색 순한 꿈이 바퀴를 밀고 가던
그 풍경 다 지워지고 여백만 남아 있다

쓸쓸히 혼자 서서 수척한 플랫폼에
서슬 퍼런 생의 속도 내려놓고 꿈꾸는 철길
갈맷빛 새벽을 열던 완행열차 기다린다

당선이 주는 구속마저 즐길 것

집안에 작은 화재가 있던 날이었습니다. 달리 재산상의 손해를 입지는 않았지만, 가재도구에 달라붙은 그을음을 닦아내야 하는 막막한 상황이었습니다. 그때, 우리 집 큰아들인 현준이가 위로의 말이랍시고 제게 건넨 말이 있습니다.

"엄마, 우리 교수님이 그러시는데 불난 적이 있는 집은 무조건 사고 봐야 된대. 복이 넘쳐서 불이 나는 거래."

웬 복? 싶은 맘 없지는 않았지만, 어쩌면 좋은 일이 있을지도 모른다는 기대감을 저버리지 않기로 했습니다. 그런데 정말 하루가 다 지나가기도 전에 당선 소식이 날아들었습니다. 감당하기 힘들 정도로 큰 복이 제게로 왔습니다. 하지만 시간이 지나면서 자꾸만 두리번거리는 저를 보게 됩니다. 보이지 않는 시선들이 함께 따라왔나 봅니다. 천둥벌거숭이 같은 제게 품이 넉넉한 올가미가 씌워진 것 같습니다. 이것마저도 시조를 닮았다는 생각이 듭니다. 이젠 당선이 주는 이 구속마저도 즐겨야 할 것 같습니다.

돛도 없이, 표적도 없이 갈팡질팡 노 저어온 시조의 길. 아직은 갈 길이 더 멀다는 것을 압니다. 끝까지 포기하지 말라고 응원의 손길 보내주신 두 분 심사위원님과 동아일보사에 감사드립니다. 믿음직스런 시인이 되겠습니다.

아울러 힘든 고비마다 제 눈물 닦아주시고, 지친 등 쓸어주신 우리 쪽방 식구들과 여러 친구들, 따뜻한 내 남편과 두 아이들에게도 고맙다는 말 전합니다.

상상력 깊은 역사 읽기 돋보여

해마다 신춘문예에 문단의 관심이 집중되는 것은 새로운 신인들에 대한 기대치 때문이다. 그들에게서 내일을 이끌어나갈 뜨거운 열정과 새로운 생각과 올곧은 문학정신을 보고자 함에서다. 아직은 그들이 보여주는 사유의 깊이가 얕고 표현이 서툴더라도 남다른 발상과 용기와 도전이 장차 이 땅의 문학을 풍요롭게 해줄 것이라 믿기 때문이다.

예년에 비해 응모자 숫자에서나 작품의 수준에 있어서 풍요로운 가운데 오직 한 사람의 숨은 보석을 가린다는 것이 결코 쉬운 일은 아니었다. 따라서 새로운 재목을 찾는 기준으로 기성문단의 흉내내기와 시적 동기가 취약하면서 언어기교에 치중한 작품들을 배제하고 시조단의 내일을 이끌어나갈 건강한 시정신에 주목하였다.

그런 기준에 의해서 마지막까지 남은 작품이 심순정의 「삼각 김밥」, 송인영의 「물구나무, 멀구슬나무」, 조예서의 「어머니의 가을」, 황외순의 「눈뜨는 화석」 등 네 편이었다. 먼저 「삼각 김밥」은 비유의 새로움에도 불구하고 주제의식이 모호하다는 점에서, 「물구나무, 멀구슬나무」는 가락의 유려함을 받쳐주는 메시지 부재로 인해 배제되었다. 「어머니의 가을」은 어머니의 삶과 가을을 일체화시킨 공감대에도 불구하고 소재의 진부성을 떨쳐내지 못하였다.

마지막으로 남은 「눈뜨는 화석」이 보여준 감각적인 언어구사와 상상력 깊은 역사 읽기를 선택하였다. 부장품과 화석을 일체화시키는 과감한 비약마저도 현장시의 한계를 보완하는 역량으로 읽었기 때문이다. 앞으로 색깔 있는 자기 목소리를 기대한다.

심사위원 : 한분순 · 민병도

황외순 187

황외순

1968년 경북 영천 출생
2009년 경주문예대학 수료
2010년 한국 방송통신대학교 청소년교육과 졸업
2011년 문열공 매운당 이조년 추모 백일장 장원
2011년 청풍명월 전국 시조백일장 장원
2011년 전국 가사 · 시조 창작공모전 우수
2012년 동아일보 신춘문예 시조 당선
2012년 부산일보 신춘문예 시조 당선

camus1276@hanmail.net

■부산일보/시조
탯줄

탯줄

—— 거가대교에서

찰싸닥,
손때 매운 그 소리를 따라가면
갓 태어난 핏덩이 해 배밀이가 한창이다
어둠을 죄 밀어내며
수평선 기어오른다

비릿한 젖 냄새에 목젖이 내리는 아침
만나고픈 열망 하나 닫힌 문을 열었는가
섬과 섬 힘주어 잇는
탯줄이 꿈틀댄다

당겨진 거리보다 한 발 앞선 조바심을
여짓대던 해조음이 다 전하지 못했어도
짠물 밴 시간을 걸러
마주 앉은 저 물길

거미의 시

먹잇감 놓칠세라 허공에 짜 둔 그물
걸려든 달그림자 헛배 점점 불러오고
자꾸만 고이는 미련
또 한 번 입맛이 쓰다

시작과 끝 어디인가, 조금씩 부푸는 생각
귀퉁이 잡아끌며 움켜쥐려 하는 순간
온몸이 휘청 기운다,
어둠에 헛디딘 발

내가 내민 촉수가 내 발목을 겨냥할 줄을
달빛의 음모 속에 길을 잃은 이 저녁
이슬의 흰 목덜미가
비수처럼 번쩍인다

지름길을 보면 건너고 싶다
—— 외곽순환도로에서

가야 할 길 멀고 멀어 지름길로 들어섰나
무거운 짐 죄 부려놓고 이냥 납작 엎드린
살쾡이 젖은 눈빛에 울음소리 글썽인다

허공 한껏 움켜쥐고 어둠 짚어 내리던 저 눈
낌새를 잡아채도 못 본 척 등 돌리자
한순간 과속으로 달려 경계 넘고 말았다

깡마른 세상살이 부려놓고 떠나는 길
허기진 또 하루 둥지도 지쳐 우는데
셔터를 자꾸 누르는 먼발치 무인카메라

앞질러 가고픈 맘 누군들 없을까만
사는 건 굽이굽이 휘돌며 가는 여행
한걸음 앞에서 보면
그 길이 넓어 보인다

고향을 염殮하는 시간

산그늘 뛰어내려 문살 뜯는 어슬녘에
아궁이 속 불쏘시개 지난날이 활활 탄다
한 시름 굴뚝을 뚫고 마른기침 뱉는데

왕버들 졸고 있는 내 고향 수몰水沒 지구
잠에서 깬 저 자전거 페달이 꿈틀댄다
구르고 또 구르고픈가, 녹슨 체인 배냇짓

턱 괴고 앉은 석류 속살 후끈 달아올라
낮은 울타리 몸을 섞어 한 가족 된 이웃들
이윽한 그 눈빛 당기면 알알이 눈물이다

꼭꼭 여민 이삿짐 속 몸 비트는 한숨소리
잿빛 설움 새어나와 입 언저리 적신다
햇살도 바장거리는 운문면 순지리*에

* 경북 청도군에 있는 지명.

황외순   193

시조에 못박아둔 내 존재감

얼마 전, 십 년지기 가게를 정리했습니다. 그곳은 미용을 시작하고 두 번째로 자리 잡은 곳이었습니다. 제게 있어 미용실은 일터이자 문학의 산실입니다. 엄습해 오는 상실감과 새로운 곳을 찾아야 한다는 조급함 사이에서 힘들어할 즈음 당선 소식을 들었습니다. 반가운 마음과 동시에 뭔지 모를 묵직한 것이 가슴을 짓눌렀습니다.

아마도 그건 채찍 때문이었지 싶습니다. 더 잘하라는 격려의 채찍, 더 열심히 해야 한다는 강압의 채찍이 제 머릿속을 후려쳤기 때문입니다.

시조와 눈이 맞은 지 오래, 시조의 틀이 주는 적당한 구속이 맘에 들어 감히 외도는 꿈꾸지도 않았습니다. 어느 변방에서 시와 수필의 독자로 기웃거리다 뜻하지 않게 만난 터라 홀연 짝사랑인 듯 외롭고, 이방인인 듯 겉돈 적도 많았습니다. 하지만 그때마다 시조에 못박아둔 제 존재감을 재차 확인하곤 했습니다.

드디어 출발선에 섰습니다. 아직은 서툴지만 먼 길 우직하게 달려가는 사람이 되고 싶습니다. 달리고 싶은 제게 등 떠밀어 주신 심사위원님께 진심으로 감사드리며, 부족한 제 작품에 손을 들어주신 선생님과 부산일보사에 폐가 되지 않도록 더 열심히 공부하리라는 다짐도 해 봅니다.

누구보다 기뻐해 주실 부모님과 병상에 계신 시어머님, 의기소침해 있을 때면 위로보다 칭찬을 더 많이 해 주시던 경주문예대학 선생님들과 문우들께도 감사드리며, 묵묵히 제 응석 다 받아준 남편과 사랑하는 두 아들 현준이, 현제와 기쁨을 함께하고 싶습니다.

팽팽한 긴장감과 신선한 비유 빛나

340여 편의 작품을 앞에 놓고 가슴 두근거렸다. 어느 가인이 태어나 3장 6구 민족의 가락에 걸어야 할 영혼의 노래를 숙명으로 받아들일 것인지, 또한 그 울림이 얼마나 깊고 클 것인지 자못 궁금했기 때문이다. 새해 첫날 비상의 몸짓으로, 서투르다 해도 한 번도 본 적이 없는 새로운 음성으로 노래하는 무한한 가능성을 가진 젊고 건강한 시인을 찾아내고 싶었다. 그러나 그런 사람이 쉽게 보이지 않았다.

인내심을 가지고 「침묵의 무늬」「봄, 우포」「땀나무」「춘향목의 전의」「세한도 앞에서」「그녀는 임신 중」「탯줄」 등을 가려내었다. 그리고 다시 곰곰이 읽으면서 지나치게 정적이거나 어두운 작품, 새로운 발견의 눈을 보여주지 못하는 작품, 지나치게 산문적인 작품, 기성시인의 어투가 강하게 드러나는 작품 등을 제외했다.

결국, 김종연의 「그녀는 임신 중」, 김종두의 「세한도 앞에서」, 황외순의 「탯줄」이 남게 되었다. 세 편은 나름의 장점을 지니고 있다. 현실을 시화해보려는 김종연의 몸부림은 가치 있는 시도이고, 세필로 그려낸 김종두의 세한도는 오랜 공정의 결실임이 분명하다. 그러나 언어의 품격이나 소재의 진부함이 끝내 마지막 낙점을 가로막았다. 거론한 작품에 비해 당선작은 팽팽한 긴장감과 신선한 비유가 확연히 빛났다. 꿈과 희망을 내장內藏한 개안開眼의 풍경이야말로 새해 아침에 어울리는 가락이기도 했다. 더 많은 노력으로 대성하기를 빌 뿐이다.

심사위원 : 이우걸

〈시〉 김민철 류성훈 안미옥 여성민 이여원 이해원 최호빈 한명원 허영둘
〈시조〉 김종두 양해열 유영선 황외순

2012년 신춘문예 당선시집

초판 1쇄 발행일 2012년 1월 13일

지은이 · 김민철 외
펴낸이 · 김종해
펴낸곳 · 문학세계사
이메일 · mail@msp21.co.kr
홈페이지 · www.msp21.co.kr
www.seein.co.kr(계간 시인세계)
주소 · 서울시 마포구 신수로 59-1 (121-110)
대표전화 · 02) 702-1800 | 팩시밀리 · 02) 702-0084
출판등록 제21-108호(1979. 5. 16)

값 10,000원

ISBN 978-89-7075-525-0   03810